葉山 透 イラスト◆増田メグミ

Tohru Hayama　　Megumi Masuda

Contents

デザイン◎鈴木 亨

9S ナインエス true side XII

The Security System that Seals the Savage Science Smartly by its Supreme Sagacity and Strength.

峰島勇次郎を優秀な科学者と解釈するのは間違っている。

もちろん数多の発明や発見を行った天才であることは疑いようのない事実だ。しかしその技術のほとんどは未完成のまま放置されている。おもちゃに飽きた子供のように唐突に興味を失うのだ。

しかし不思議なことに、ある日突然その技術が完成し世に広まることもあった。

誰が、あの天才が放り出した研究を受け継ぎ完成させたのだろう。同等の天才がこの世にいるのだろうか。

「峰島勇次郎の謎」の初版より抜粋。二版以降は検閲により削除済み

一章　贈り物

1

「やあ、岸田君、久しぶりだね。今日呼んだのは他でもない。君には教えておかねばならないと思ってね。私の名を娘にあげようと思うのだ。今日から私は勇ではなく勇次郎と名乗ろう。なぜならこの子は私を超える天才だからね」

目の前にいる峰島勇、改め峰島勇次郎から発せられた言葉の意味を岸田博士はとっさに理解することができなかった。

以前そんなことを言っていたような気もする。まだ勇次郎が世に知られていないころ、郊外に建つ木造の古い一軒家の、木の机と椅子と旧型のパソコンと、大量の紙に埋もれた研究室の中で。しかしてっきり冗談だと思っていたし、なによりこの変わり者の科学者に子供などとても似つかわしくない。似つかわしくないと言えば、岸田はこの数年で様変わりした峰島勇の研究室にもいまだに馴染めない。木造の一軒家は都心のコンクリートのビルに変わり、コンピュータもモニターもすべてが最新のもので埋め尽くされている。

経緯はよく解らないが、真目家がスポンサーに名乗りをあげたと聞いた、その頃から峰島勇は変わってしまった。距離をとりはじめた岸田の思いを知ってか知らずか、二人は二年ほど疎遠になり、その間に娘が産まれていた。

父の勇の名を与えられた勇次郎の娘、峰島由宇を初めて見たのは彼女が一歳のときだったが、正直なところ腕に抱かれた赤子の印象はあまり強くない。母は由宇を産んですぐに亡くなったと聞いた。産後の肥立ちが悪かったのだという古風な響きは、天才科学者の妻が死んだ理由として妙にすとんと腑に落ちた。残された一人娘を抱く勇次郎は、

「今日からこの子が峰島由宇だ」

と微笑みながら岸田に出来のいい発明品を見せるように紹介した。

由宇は小さな手でノートに何か書いていた。三歳の子供ならそこに並ぶのはお姫様やペットや花や家族を描いた拙い絵だろう。しかし由宇が書いているのは拙い絵ではなく細かく規則的に並んだ文字、それも複雑な数式や理論だった。

まぎれもなく峰島勇次郎の娘。しかし父親とは一つ決定的に異なる部分があった。勇次郎の書式は彼独自の理論で編み出したものだ。対し由宇の書いているものは一般的なルールにのっ

とった数式だった。内容も理路整然とし効率的でよけいな回り道をしていない。逆に言えば現在の数学世界に縛られていると言っていい。

この子の思考は父親と違い少し堅くなるだろう。現在の人類の科学を学べば、少なからずその考え方に縛られることになる。何も知らず一から構築し自由奔放な理論展開をする父親とは違う。

それよりも気になるのは勇次郎の娘に対する放置ぶりだ。親としての務めを果たしているとはお世辞にも言えなかった。

いつしか幼い少女のことを岸田博士は気にかけるようになった。折を見ては話しかけ、たわいもない話をし、父親の代わりに頭をなでてあげた。

三年後。六歳になっても小学校には行かず、父親と一緒にいることを誰も咎めない程度には由宇の天才性は明らかになっていた。父の言葉を理解する幼子を周囲の大人は気味悪そうに見ていたが、岸田博士は変わらず由宇に接していた。

「これ……。誕生日プレゼント」

はにかみながらおずおずと手紙を差し出してきた。封筒には岸田群平さんへと書かれている。

「私にこれを？」

感動で手が震えた。

由宇が自分の誕生日を知っていたことも驚きだし、ましてプレゼントをくれるなど思いもよらなかった。

「あ、あ、ありがとう」

受け取った手紙を開けようとすると由宇が慌てて止めた。

「いま開けないで。……恥ずかしいから」

可愛すぎる。とても勇次郎の娘とは思えない。

家に帰り、はやる気持ちを抑えながら手紙を開けた。

――お誕生日おめでとう、とでも書いてあるのかな。

自分の似顔絵など描かれていたら、嬉しさのあまり気絶するかもしれない。

数枚の便箋が丁寧に折りたたまれていた。にこにこと便箋を広げると、そこには小さい文字でびっしりと数式が並んでいた。

徹頭徹尾数式しかない。

目をこすり眼鏡のレンズをふき便箋を光にかざし何度も見返したが、数式以外何も書かれていない。

「これはいったいなんなんだ？」

説明がまったくないところは父親に似ている。

浮かれた気持ちはどこかにいってしまった。しかし次に会ったとき、この話をしないわけにもいかない。何を伝えようとしたのか少しでも理解しようと、解読を試みた。

気づいたときにはいつのまにか夜が明けて、窓から朝日が差し込んでいた。

「なんて、なんてものをプレゼントしてくれたんだ……」

全身から冷や汗が吹き出してくる。

大統一理論を完成させていた。電磁相互作用と強い力と弱い力の統一理論は長らく謎であった。峰島勇次郎も本人曰く完成させたとのことだったが、一部不可解で理解しがたい部分もあった。

しかし由宇のそれは父親のアプローチと異なり、単純明快で——それでも便箋七枚分の紙にびっしり数式を埋める程度のものではあるが、ともかく父親のものより完成度が高かった。

「あの子は、天才だ……」

まぎれもなく峰島勇次郎の娘であると痛感した。同時に、父親と違う天才性をいかに伸ばしてやるべきか岸田博士は思案しはじめ、すぐにもっと喫緊の課題に気づく。

「プレゼントのお返しをしなければ！」

徹夜明けの疲れも忘れ、岸田博士はいそいそとプレゼントを選ぶために外出した。デパートに行き丸一日悩んだあげく、おもちゃのフロアで首に赤いリボンがついたクマのぬいぐるみを選んだ。

しかし岸田博士がプレゼントを渡す直前に、ぬいぐるみを使った爆破テロが起こってしまう。由宇の子供らしさと純粋さと、なにより彼女の孤独につけこんだ悪質なテロだった。半壊した研究所の前で、深く傷つき立ち尽くしている由宇に、岸田博士はぬいぐるみを渡すことはできなかった。

その一年後、新しい研究所として峰島親子が移り住んだ比良見で大爆発が起こった。近郊の街がまるごと消滅。核かそれに匹敵する破壊力のある兵器が使われたのだと推測された。その事件の唯一の生き残りであり証人だった峰島由宇は極秘裏に保護された。

「なぜこのような施設に閉じ込める必要があるのです！」

岸田博士は強く机を叩く。声を荒らげることなど無縁の人生を送ってきたが、ここしばらくは声を荒らげてばかりだ。相手はつねに一緒で、いま目の前にいる遺産管理の責任者である伊達真治だ。

「必要だから閉じ込める」

伊達は一歩も引かない。常日頃、峰島勇次郎の存在を危険視していた彼は、その先見の明を買われて峰島勇次郎が発明した技術に関する犯罪を取り締まる組織、The Administrative Division of the Estate of Mineshima――ＡＤＥＭのトップに収まった。

「比良見の爆発はいまだに原因不明。あの娘は父親に勝るとも劣らない能力を持っている。ならば、次の厄災の芽を早めに摘み取るのは必要不可欠だ」

伊達が徹底して情報統制をしていたことは知っていた。峰島勇次郎の名はすでに世界にとどろいている。ならば娘の存在は陰に隠してしまおう。そのような思惑があった。

家族として紹介されている記事はあるが、彼女の才覚に言及した記事のたぐいは皆無といっていい。情報の統制をお家芸とする真目家もかくやという手腕であったが、それだけ勇次郎の存在が大きかったというのもあった。

それでも峰島勇次郎が死亡、あるいは失踪したいま、生き残った娘の存在が明るみに出れば、好奇の視線にさらされ、父親と同じ才覚を期待されただろう。そしてすぐさま期待通り、否、期待以上の天才性を有していることに世界は気づいてしまうだろう。

「ならば名前を変えて、人知れず暮らしていくという方法も……」

「岸田博士、俺が何も知らないと思っているのか？　現在管理されている峰島勇次郎の技術の半分はあの娘が関わっている。たかが七歳やそこらの娘が、だ。これから集まってくるものもそうだろう。ならばその技術を見極める目が必要だ」

「私がやります。こう見えても勇次郎君の研究の理解者だ」

「もちろんあなたにもやってもらう。そのためのＮＣＴ研究所の所長だ。しかしかの天才科学者の残した研究はあまりにも多い。人一人でなせる量ではない」

勇次郎は才能ある科学者が一生をかけて行う偉業を数日で成してしまう。さらに研究しているジャンルも多岐にわたっているため、あらゆる分野の才能ある研究者を集めて、開発された技術の検証をしなければならない。

現在の科学は細分化が進みすぎていた。行き詰まった理論の証明にまったく他ジャンルの知識が邂逅し研究が進んだという例はいくつもある。

しかし峰島勇次郎、そして由宇の知識と知性は専門ジャンルに特化していない。あらゆるジャンルを網羅している。一般の科学の発展で偶発的に起こる他ジャンルとの邂逅によるブレイクスルーが、日常的に頭の中で起こっている。

さらに岸田博士の私見では、その能力は勇次郎より由宇のほうが優れている。すべてが混沌としている勇次郎の知識より、すべてを理論体系化している由宇のほうが、効率的なのだ。

以前、峰島勇次郎は言った。由宇は自分よりも優れていると。その可能性は大いにある。しかし一つだけ勇次郎は解っていなかったことがある。

由宇はとてもいい子だった。

倫理観は科学の発展において、はっきり言ってしまえば邪魔でしかない。勇次郎はその倫理観が欠如していた。しかし由宇は違う。優しさを感じる感性があり、小さなものを慈しむ愛情があり、美しいものを愛おしむ感受性があった。

父親のような異常性を持ち得るような子ではなかった。由宇は由宇らしく健やかに育って欲しかった。

「だとしてももっと人道的な扱いをすべきだ！　あなたは由宇君のことを何もわかっていない！」

「岸田博士……」

だからいまの扱いはまるで納得ができない。さらに声を荒らげる岸田博士に対し、伊達の声はワントーン低く小さくなった。

「岸田博士、あなただから本音を言おう。俺はあの娘が怖い」

「あんな幼子に何を言うんです？」

「とぼけているのか？　それとも本当に気づいていないのか？　相手の心をすべて見透かしたような目、いや、実際見透かしているだろう。この前視察に来た権力ばかり持っている連中を言葉一つで手玉に取っていた。比良見のことも、行方不明の父親のことも、あの娘は何か大きな隠し事をしている。罪がない？　俺はそうは思わない。絶対に何か知っている。あれは罪を犯した者の目だ。疑わしきは罰せずなどと人道的なことを言って、また比良見で起こったようなことがここで起こらないとも限らない。だから峰島由宇は厳重に管理する」

伊達の言葉には揺るぎない信念があった。対し岸田博士にあるのは幼子に対する情だけだ。彼の信念を覆させるものは持っていなかった。

峰島勇次郎の娘がNCT研究所の地下1200メートルに幽閉されて二年が経過した。

由宇はたまに活動する。研究らしきこともしている。しかし以前、峰島勇次郎の研究所で見せたまばゆいばかりの才覚はなりをひそめていた。伊達の言う通り彼女は何か隠している。そして恐れている。無意識に才能をセーブしているように感じられた。

そのくびきを取り除くことは由宇のためになるのかどうか岸田博士には判断できなかった。見守ることしかできない己がもどかしかった。

「何か欲しいものはないかい？」

由宇の誕生日が近くなったある日、岸田博士は尋ねた。

「欲しいもの？」

ベッドに寝転がっていた由宇は起き上がり岸田博士をまっすぐに見上げて言った。

「自由」

絶句する岸田博士に由宇は笑う。

「欲しいと言ったらくれるのか？」

もうそこに誕生日プレゼントの数式をくれたときのような年相応の笑顔はなかった。いつの間にかそういう笑い方しかしなくなっていた。

2

三年後、NCT研究所で一つの事件が起こった。Dランクの遺産、ゲノム・リモデル技術を使われたネズミが研究所内で暴れ回り、甚大な被害が出るところだった。その危機を救ったのは新人局員だった八代一、そして由宇だ。

しかしここで一つ、大きな問題が生まれた。由宇が危険なのは頭脳だけだと思われていた。だが事件のさい由宇と行動を共にしていた八代の報告から、たぐいまれな身体能力を有していることも発覚してしまったのだ。

由宇の監視と行動制限は以前にも増して厳しいものになった。

「なぜ解ってあげないのです！　あの子は研究所の皆を守るため、己の危険もかえりみずに戦ったというのに！　なのにさらに不自由を強要するなど！」

「岸田博士こそ解らない人だ。あれだけの戦闘能力を隠し持っていたんだぞ。武装した兵士が束になってもかなわない。たった十二歳の子供相手にだ。なぜ危険だと理解しない！」

二人が言い争っているのを、首が痛くなるなと思って見ていたのは由宇だ。透明なガラスの天井の向こうで、二人はいつにも増してひどい言い争いをしている。声が聞こえてくるわけではない。ただ唇を読むのは日常化しており、声が聞こえてくるのとさほど変わらない。

由宇は手近にあったものを手に取ると、天井のガラスめがけて投げつけた。驚いた岸田博士と睨みつける伊達に向かい、

「うるさい。よそでやれ」

と一言だけ言うとベッドのシーツの中に潜り込んだ。

岸田博士と伊達の言い争いはほとんど日常化していた。気づけば二人の言い争う姿が見える。初めのうちは煩わしくて無視したか、あるいは物を投げつけて止めた。やがて毎回よくもあきもせずあれだけ言い争えるものだと感心するようになった。

さらにもう一つ気づいたことがあった。ガラスの向こうの職員はいつも無表情だ。由宇に感情を読ませないため、自衛手段として身についたのだろう。

しかし岸田博士は違った。伊達と言い争い怒ることもあるが、他の職員相手に笑顔を向け、落胆し、驚き、とにかく喜怒哀楽が大きな人であった。

「一つ尋ねたいことがある」

「なんだね？　なんでも聞いておくれ」

岸田博士はすぐに通信を開いて、無害そうな笑顔を浮かべた。

「伊達のことが嫌いなのか？　なのにどうして一緒に仕事をしている？」

岸田博士は面食らった顔をして、しばらくどう答えるか悩んでいるようだった。

なぜわざわざ聞いたのか自分でも解らない。そもそも答えは解りきっているではないか。N

ＣＴ研究所の給料はいい。多少の不自由さなど問題にならないほどだ。ガラスの向こうに見える職員達の事情など、観察していればすぐに解る。岸田博士のデータは乏しいが、他の職員と大きく違うことはないだろう。

「私が最後に地上に出たのはいつだと思うかね？」

返ってきたのは質問の答えではなかった。しかし問われると分析を始めてしまうのは、いつのまにか身についた性分だ。

過去に見た岸田博士を思い出す。会話や服装、肌の調子など様々な項目から解析した。

「百四十七日前……」

「おお、おおおっ！　正解だ！」

岸田博士は目を丸くして驚いている。そしてすぐに気味悪がるだろう。他の職員と同じように感情を見せなくなる。岸田博士の喜怒哀楽が見られなくなるのは、なぜか少しさみしく感じた。しかし岸田博士の反応は由宇の予想と異なった。

「いやあ、やっぱり由宇君はすごい。何からそう判断したのかな。服装や言動だけでは、その結論にたどり着けない。肌の調子かな。メンタルの分析もあるだろう。いったいどうやって解ったのか、できれば教えてくれないかね？」

好奇心いっぱいに岸田博士は由宇の顔をのぞき込んでいる。

「な……わ、私が質問をしたはずなのに、なぜ私が答える羽目になる？」

「ああ、そうだったね。すまないことをした」

岸田博士は腕を組んで頭をひねりなんと答えようか考えているようだった。

「私がNCT研究所の外に出るのは数ヶ月に一回しかない。前回は百四十七日前。これは最長記録だね。その前は九十三日前。さらに前は百二日……いや百三かな。ともかくそれくらい前だ」

やはり由宇の質問から少し外れているように感じるが、黙って聞いておくことにした。

「NCT研究所は山の中にある。周辺に見えるのは草木ばかりでさほど面白い光景ではない。それでも久しぶりに外に出ると、面白みもない見慣れた山の風景に感動してしまうのだよ。太陽の暖かさ、自然の香りが私に喜びをもたらしてくれる」

一つ一つ言葉を選びながら丁寧に話していく。

「そうした感動も心が死んでしまっては無理だ。しかし太陽を見ずに施設内に閉じこもっていると、徐々に心が死んでいくのが解る。そのために私は心のリハビリを行うのだよ。喜びや驚き、悲しみに怒り、それらは人としてすべて必要な感情なのだ。だから私が伊達司令と言い争うのは、リハビリに無理矢理付き合わせているようなものなんだ」

そう言って岸田博士は少年のようにイタズラっぽく笑う。その印象は初めて会ったときからまるで変わっていなかった。

「由宇君もいずれ外に出られる日が来る」

それは残酷な言葉だ。岸田博士もそれは解っているはずだ。しかし真正面からまっすぐに由宇を見つめ語る。

「私はいつか君に感動することを思い出して欲しいのだ。それは慈しみから生まれる感情であり、優しさから生まれる想いであり、愛がもたらすものなのだよ」

「そんなもの私には……」

「自分を卑下しちゃいけない。悪いクセだよ。由宇君が誰よりも優しいのは私が知っている。信頼を裏切らない子だということも知っている。そんな優しい女の子には、きっと素敵な未来と大きな感動が待っている。私はそう信じているよ」

由宇は顔をそむけ答えなかった。そして話をそらすようにもう一つ質問をした。

「どうして何十日も外に出ない？」

岸田博士の業務はある程度把握している。外に出られない理由はなかったはずだ。しかし岸田博士は曖昧な笑顔を見せるだけで答えてはくれなかった。

3

――五年後。

シベリアに出発するまであと十四時間というとき、由宇の部屋に伊達がやってきた。

伊達はガラス越しに話すのではなく直接部屋まで降りてきて、手には大きな包みを持っていた。

「何か用か？　グラキエスの検討に忙しいのだが」

ＬＡＦＩサードのモニターを見ながら、由宇は見向きもしない。

「これを」

伊達が大きな包みを置いたので、由宇は不審に思いながら手に取って開けた。中から出てきたのは少し古いクマのぬいぐるみだ。

予想外のものが出てきたことに驚き、由宇は目をしばたたかせて伊達を見た。

「十一年前、岸田博士がおまえへのプレゼントとして買ったものらしい。ただその直後、ぬいぐるみを使った峰島勇次郎の研究所の爆発テロが起こった。それで渡せなくなった」

由宇は口を開き何か言おうとしたが、結局何も言わないまま閉じてしまった。

「岸田博士はいつもこれをＮＣＴ研究所の私室の棚に入れていた」

なぜ伊達が今になってこれを自分のところにもってきたのか、由宇は解らなかった。表情から、口調から、心理を読み解くのはたやすいはずなのに。

ただ由宇は黙ってぬいぐるみを受け取る。長くロッカーに入れられていたぬいぐるみは、それでもふわふわと柔らかく、そして岸田博士の匂いがした。

「岸田博士はいつもおまえを信じていた。どんなときも道を踏み外さないとな。そんな調子だから、いつも俺とぶつかっていたが……」

「私を信じても、何も益はないというのに……」

「健やかに成長して欲しい。それだけが岸田（きしだ）博士の望みだった」

ぬいぐるみを見る視界がぼやけた。いくつもの涙がとどまることなく、ぬいぐるみにしたたり落ちた。ずっと、このふわふわとした柔らかく温かいものが欲しかった。欲しかった心を、あのテロ事件から封印してしまった。岸田（きしだ）博士はそんな由宇（ゆう）を誰より理解してずっと見守っていてくれたというのに。

「私はいままで、何をやっていた……」

いつもいじけて部屋の隅で膝を抱えていた。全員が敵だと思っていた。誰も信じられなかった。自分は慈（いつく）しむ眼差（まなざ）しに甘えていたことに気づいた。

「それは俺も同じだ。峰島勇次郎（みねしまゆうじろう）にこだわるあまり、遺産という存在そのものを見誤っていた」

由宇（ゆう）は伊達（だて）の傍（かたわ）らにあるケースを見た。そこには彼女が外に出るときに使われる一定時間で融解する毒入りカプセルの注射器が入っている。

伊達（だて）は注射器を取ろうとし、しかし途中でその手を止め、注射器を元の場所に置いた。

「岸田（きしだ）博士はこんなものは必要ないといつも言っていた。父親とおまえは違うと。逃げも隠れもしないと」

「逃亡防止だけではないだろう。私が囚われれば頭脳が悪用される可能性もあった。実際海星に捕まった時は……」

伊達は首を強く横に振り、由宇の言葉を制止する。

「人としての信頼の問題だ。正しかったのは岸田博士だけだった。そんな岸田博士がおまえを信じている。これまでも。そしていまもだ」

「……信じている」

心にいくつも突き刺さっていたくびきがひび割れ、砕け散るのを感じた。心が解き放たれる。解き放たれた心に光が差しこむ。心の中でくすぶっていたものが霧散していく。

——私はいつか君に感動することを思い出して欲しいのだ。それは慈しみから生まれる感情であり、優しさから生まれる想いであり、愛がもたらすものなのだよ。

岸田博士だけではない。小夜子や横田和恵がくれた慈しみの感情。麻耶から受けた信頼と優しさ。なにより闘真が自分にくれた無償の愛。外に出た数ヶ月の間、どれだけのものを受け取っただろう。

スフィアラボで浴びた雨。闘真と二人で見た大海原に沈む夕日。あの日、自分は感動を、心を、取り戻したのだと今では解る。ただ単純に外に出られたからではない。闘真が自分を外に連れ出そうと、助けようと、手をさしのべてくれたからだ。由宇は敵ではないと闘真が信じたからだ。岸田博士と同じように。

信じられなかった。遺産技術を恐れていた。かたくなに己への枷としていた。ただただ愚かだった。

「……私を信じてくれている」

その気持ちに応えたい。その方法を由宇は一つしか知らない。ずっと自制していた。自分をやらなくてはいけないことから逃げていた。いまグラキエスと戦わなくてどうするのか。人類が滅亡するのを地下1200メートルでただ見ているのか。

IFC、サタンのチップ、旧ツァーリ研究局、それらが有機的に繋がっていく。すべてが美しく理路整然と由宇の中で咀嚼された。グラキエスに対するピースが綺麗に収まるのを感じた。人類を滅ぼそうとする忌まわしい遺産さえ、彼女の中で美しく組み立てられていく。

——ああ、世界はこんなにも美しいのか。

人の気持ちも、命も、人が生み出した数式も理論も、自然が造る決して人知の及ばぬものも、等しくすべて——世界とはなんと美しいのだろう。

岸田博士が幼い自分に言っていたことを正しく理解しているのかは解らない。だが心揺さぶられる感動が、今たしかに自分の中にあった。

同時に思う。自分は何を恐れていたのか。

今まで忌み嫌っていた遺産、というもの。父親が残した世界を、人を歪ませるばかりだと思っていたもの。

――違う。

海星に記憶と知識を奪われるようなことがあったら、殺してくれと闘真に頼んだ。遺産を自分以外の人間が使うことを恐れ、自分は遺産を使用することを自らに厳しく禁じた。

しかしそれは正しいことだったのか。父親を恐れ、遺産の持つ力を恐れ、遺産が世界を歪ませることを恐れた。しかし、一番遺産を恐れていたのは実は由宇自身ではなかったか。

――私の中の遺産の知識は、盗んだものでもない。奪ったものでもない。私のものだ。私が使い道を決め、私が使う。父が世界を歪ませたのなら、私は私の力で、美しい世界を取り戻してみせる。

「……伊達」

「なんだ？」

「決めたぞ。私は私の枷をとる」

決意は固く高らかに宣言された。

「遺産技術を解放する」

4

ＮＣＴ研究所は様々な峰島勇次郎の遺産技術が保管されているが、その主な遺産保管庫はＮ

ＣＴ研究所の地上と最下層のちょうど中間、地下６００メートルにあった。ＮＣＴ研究所内では最優先事項である地下１２００メートル地点の次に重要な区画として厳重な警備が施されていた。

保管庫は厚さ12メートルのコンクリートで覆われ、遺産技術により強度は何倍にも増していた。入出するにはＡＤＥＭの一級権限以上か一部の二級権限が必要で、岸田博士や伊達をはじめ、入出できるのは二十名に満たなかった。

海星がＮＣＴ研究所を攻めてきた事件のとき、一時期ここに保管されていた遺産技術のほとんどは最下層に移送されていたが、海星の事件が収まったいま、遺産保管庫はもとの場所に戻り、さらなる強化を施された。侵入者を撃退するためにより強力になった重火器に加え、何重もの強固な扉が増設されている。

警備員は久しぶりに本来の役割と場所に戻れたことをほっとしていた。

そこへＡＤＥＭの総司令、伊達真治が姿を見せたのは、海星によるＮＣＴ研究所の襲撃以来のことであった。分厚い扉で閉ざされている保管庫の前で、伊達ともう一人の少女のスキャニングが始まる。

「大脳皮質番号一〇〇二〇〇七、伊達真治、一級権限、二十七項目の照合一致しました」

さらにもう一人の少女にセンサーが入る。

「大脳皮質番号の登録がされていません」

警備員は内心怪訝に思った。ＮＣＴ研究所内に入るには最低でも一度はスキャニングを受けている。不法侵入でもない限り登録がないということはありえなかった。しかし隣に立っている伊達は未登録であることに驚いた様子はない。

「……、限定特級権限、四十六項目の照合一致しました」

特級権限はこの施設の最高権限で岸田博士しか持っていなかったはずだ。そもそも限定特級権限というのは初めて聞く。さらに名前は雑音でかき消された。

「限定特級？　初めて聞いたぞ」

許可された少女のほうがいぶかしんでいる。

「岸田博士の提案だ。最悪の事態を想定して、ＮＣＴ研究所内に限り最高のアクセス権を持っている。外部へ出ることはできないが」

二人が保管庫に入ると、明かりがともる。野球ができそうなほどに広い空間に、大小様々な荷物が積まれていた。

「必要な遺産を言え。持ち出しの許可はそのつど判断しよう」

グラキエスに対抗するための遺産技術だ。破壊力の高い兵器が必要となるだろう。グラキエスに対抗できそうなものもある。ただたいていの遺産は数がそれほどそろっていない。試作品の段階で封印されているものが多いためだ。

「まずは――」

その名称を聞き伊達は戸惑う。

「待て、それはここにないぞ。OEランク、審査が通り民間にも使用許可が下りているものだ」

由宇が最初に要求したとある遺産は、予想に反してランクの低い遺産技術だった。

「ないのか？　数も必要なのだが」

「使用許可の出ている民間企業に掛け合ってみよう」

「多ければ多いほうがいい。最低でも十万個、できれば三十万個はほしい。輸送は私より遅れても大丈夫だ」

「三十万個……」

民間で生産されているとはいえそれほどの数がないのは明白だった。生産を許可している企業に掛け合いすぐさま増産させる。その前に生産数制限を取り払わなければならない。それだけでも足りないだろうから、新たに生産できる企業を探す。生産力だけでなく信頼性と機密性も兼ね備えていなければならない。他にも輸送手段、予算等々、考えなければならないことは山ほどあった。

「あいつに任せれば楽だったんだがな」

命令一つですべて滞りなく書類の山を処理する八代の存在がいかに大きかったか実感した。

「どうした、すでに疲れているぞ？」

「遺産の利用一つでこれほど大変なのかと実感している。これからは少し部下に優しくしようと思ったところだ」

ふうんと由宇は気のない返事だ。

それからも次々とあげられる遺産技術の名称は伊達の戸惑いを大きくするばかりだ。いくつかのものは戦闘にも役に立つ技術で納得できるが、なぜ必要なのか解らないものも多かった。

「未完成のソフトウェアはどうするつもりだ？」

「シベリアにつくまでの間に完成させてＬＡＦＩセカンドに置いていく。十時間ほど時間をくれ。それとこれも必要だ」

「おい、これは遺産技術じゃなくて米軍の兵器だろう」

「共同作戦を名目にフリーダムの供与を取り付けるつもりだろう？　そのついでに交渉してくれればいい」

そのようなやりとりが何度も繰り返される。

「おまえが要求した遺産技術、今度の京都第三条約の改正で、グレーゾーンになる程度にはしておこう」

由宇の要求が終わると伊達はそのような言葉でしめた。

「こんな状況でさえ法にこだわるんだな」

「遺産技術が無法だからだ。無法に無法で対応するなど新たな火種になるだけだ」

その方法をやろうとしたのが黒川謙だ。伊達の方法は見方によってはまどろっこしすぎるだろう。しかし黒川謙率いる海星も、スヴェトラーナが率いるアルファベットも、組織として歪み、あるいは消えてしまった。

「おまえはともかく目の前の問題だけに集中し、煩わしいことはこちらに任せろ。おまえが先のことを考えるのは……そうだな一つだけあるか」

伊達はあごひげをなで、意味ありげに笑って見せた。

「グラキエスの問題が解決したら、私はNCT研究所に戻ってくる。心配するな」

「そっちじゃない。おまえが考えるべき先は、無事に帰ってきた岸田博士への感謝だ」

「む……」

世界最高峰の頭脳を持つ少女は、感謝という言葉に戸惑い困惑する。数学界の難問ですら、これほど難しい顔をしないだろう。日常を知らない結果だ。ならばいまここで助け船を出すのは己の責務だろう。

伊達も腕を組んで考えた。由宇と伊達が並んで悩んでいる姿は、二人の関係性を知っているADEMの人間ならば、あまりにもレアすぎる光景でとても驚いたに違いない。

「これはどうだ。おまえの部屋にあるストラディヴァリウスだが、購入資金のほとんどは岸田博士の私財だ。元々使う予定がないからちょうどいいと言ってな」

「ADEMの資金じゃなかったのか？　フリクション・キャンセルと引き換えの」

「ヴァイオリン一本に億単位の金が出せるか。……帰ったらおまえの演奏を聴かせてやれ」

「それはちょっと、恥ずかしい……」

意外なことに由宇は気恥ずかしそうにしている。それは年相応の少女に見えた。この姿こそ岸田博士に見せたいものだと伊達は思う。

「いままでも普通に弾いていたじゃないか」

「それはそうなのだが……」

由宇の目はしばらく泳いでいたが、やがてまっすぐに伊達を見た。なぜか嫌な予感がした。

「伊達、おまえ、ピアノが弾けたな」

嫌な予感は高い精度で的中しそうだ。

「岸田博士を喜ばせるなら、私とおまえがいがみ合わない姿だと思う。ならば私のヴァイオリンとおまえのピアノによる二重奏を見せるのが一番いいのではないか」

「とんだやぶ蛇だったな」

意義の唱えようもなく伊達は頭を抱える。

「もう何年も弾いていない。まともに指が動くようになるまで練習が必要だ」

「練習は無駄にさせない」

由宇は笑った。その不敵にも見える笑顔を見るのは久しぶりだった。

二章　Siberia 4

1

――二日前。

京都第三条約が締結され、シベリアで待機していた環あきら率いるLC部隊に命令が下り動き出すのとほぼ同時刻、もう一つ重要な役割をもった大部隊に命令が下された。

「ロ二十二号作戦決行ですね。了解しました。波号部隊、ただちに行動開始します」

椅子に座っていた男は電話を受け取り、静かにうなずく。

命令を受け、うなずいたのは福田武男。三週間前までは海星のトップ、黒川謙の副官として、組織を支えてきた人物だった。

――国連をねじふせ、我々を取り込むことを国際社会に容認させたか。

海星の日本に対する謀反、そして遺産不正使用組織に対する暴力的な破壊活動は、日本政府への信頼だけでなく、フリーダムを兵器として極秘裏に開発した上に強奪されたアメリカ政府の大国としての立場も失墜させた。

米国という巨大な後ろ盾と日本政府を決裂させ、京都第二条約によって与えられた超法規的な遺産独占権をＡＤＥＭから奪い、かわりに海星が遺産犯罪を弾劾する唯一の権力を手にする。その目的は半ば成功し、そして失敗に終わった。

実は日米は海星に敵対する立場であったことも、ＡＤＥＭが遺産を不法に独占使用していないことも、海星の中枢にいた福田は誰よりよく知っている。だが真実を知らない世界がそう見るわけもなく、日米安保条約を結ぶ両国は世界中から疑惑と批判の眼差しを向けられることになる。

六月に行われる国連理事会議において、新たに議決される京都第三条約。そこでＡＤＥＭの権限は大きく奪われることになるだろうというのが大方の見方であった。

ところが、ＡＤＥＭは権限を奪われるどころか、反逆者でありフリーダムという強大な遺産兵器を持つ海星を、新たな部隊として配下に収めることを国際社会に納得させた。

——まさか私達にこのような運命が待っているとは。

伊達が監禁されている福田の前に現れたのは四日前だ。そのときの話と要求は驚くべきものであったが、同時に国際社会がなぜ海星をＡＤＥＭの配下に収めるなどという暴挙を許したのかを納得させるものでもあった。

——人類滅亡が迫っている。それを防ぐ手助けをしてくれ。

しかし、突拍子もない話の内容はまだ現実感を伴わない。グラキエスという生命体と、そこから引きおこされる全有機生物の全滅など、想像の埒外だ。

伊達はいま元海星の力がいかに必要か淡々と語った。説得ではなく、現状の理解を求めた。福田の疑問にも丁寧に答えた。

なぜ伊達司令自らが話に来たのか。その質問だけは苦笑しか返ってこなかった。おそらく誠意、あるいは筋を通すと呼ばれるようなものなのだろうが、伊達と福田の間にそのような甘い感情は入る余地がない。だから伊達は苦笑しか返せなかったのだろう。

伊達の去り際に、福田は胸の内に芽生えた感情を抑えることはできなかった。

――第三条約締結に、どんな手品を使ったのかと思っていましたが。今回の出来事は、我々を引き込むいい口実になったことでしょう。

一方的に不利な立場に立たされていることへの憤りか、それとも黒川を死に追いやった恨みが知らないうちに胸の内に宿っていたのか。

いずれにせよ愚かな言葉だった。

――否定はしない。我々ADEMも遺産技術を武器として使用してきた。

伊達はそれだけを言い残して、福田の前から去った。

おそらく返事はそのときに決まっていた。

翌日に承諾してから、元海星の兵士の招集も装備の支給も数日で行われた。おそらく伊達は今回の遺産事件がなくとも福田と、残された元海星の兵士達をＡＤＥＭに取り込むつもりだった。だからこそ迅速に必要なものを用意できたのだろう。

福田は椅子から立ち上がるとプレハブの部屋を出る。

外の陽光のまぶしさに目を細めた。まだ六月だが気候はすでに夏の暑さを予感させる。しだいに目が慣れると、光景が目に入ってくる。広大な大地がある。そこには千人以上の武装した隊員が並んでいた。全員が元海星の兵士だ。

総勢、一千二十七名。三週間前のＡＤＥＭとアメリカ海軍との戦いの生き残り一千五百四名のおよそ三分の二が集まった。

残りの三割がここにいない理由は大きく分けて二つあった。一つは先の戦いで負傷した者、もう一つはＡＤＥＭの提案に賛同せず刑務所に服役する道を選んだ者だ。

兵士達の背後にはフリーダムの姿がある。数々のコンテナがフリーダムの巨大な格納庫に運ばれていく。列をなしたコンテナの中のほとんどが武器兵器であることに福田はどこか薄ら寒いものを感じた。

海星として活動していたときは補給に制限があったため、ここまでフルに兵器類を乗せることはなかった。

「まるで戦争だな」

福田の心情を代弁するかのようにつぶやいたのはアドバンスＬＣ部隊の蓮杖だ。

　蓮杖は元海星部隊の補佐官としてＡＤＥＭから派遣されてきた。事実上のお目付役だ。元海星——名称改め波号部隊は海星時代と指揮系統はさほど変わっていない。元テロリストの犯罪者集団なのだから監視役がつくのは当然とはいえ、ＡＤＥＭの実戦部隊のトップがくるのは意外だった。

「アドバンスＬＣ部隊は今、最前線にいると聞きました。トップのあなたがなぜ我々の補佐役に？」

　福田の疑問に答えたのは蓮杖ではなかった。

「黒川謙を直に知り、言葉を交わし、理解をした人物でなければ、監視役といえど軋轢を生むからでしょう。私はいい人選だと思います」

　驚いて振り返ると、髪の長い麗人がいつのまにか背後に立っていた。男か女かも判別がつかない中性的な魅力をもっている人物は、出撃準備をしているフリーダムの喧噪とは裏腹に静かなたたずまいだった。麗人のまわりだけ音が消失したかのようだ。

　麗人の目線が福田と蓮杖からフリーダムに運ばれる荷物に移ると、わずかに険しい表情になった。

「フリーダムに艦載されるＶＴＯＬ機のステルス性能を犠牲にして、アビオニクスなど対グラキエス用に抜本的に性能を改革すると聞いていましたが……なるほど、こういう改造を施しましたか」

麗人は感心したようにうなずきながら運ばれているフリーダムの装備を見ていた。

「あのコンテナの偽装は米軍特有のものですね。パターンを変えないと、外部にばれるのも時間の問題でしょうに」

淡々と話す内容は内情に詳しい人物だと解る。極秘事項を簡単に口にする人間に、蓮杖は驚くそぶりもなかった。二人は既知の人物のようだがしかしＡＤＥＭの人間には見えなかった。仕立ての良い黒のスーツと革靴は軍服ですらない。なによりもまとっている空気が違いすぎる。

「あの、あなたは？」

「自己紹介が遅れました。私は怜と申します。真目家当主のご息女である真目麻耶様の秘書をしております」

うやうやしく頭を下げる。

「真目麻耶の秘書……真目家の？　どうしてそんな人がここに？」

「乗機するためですよ。話を聞いていませんか？」

ちょうどそのとき福田の元に伝令が届いた。伝令の内容はたったいま怜が言った内容と一致した。

「順番が前後してしまったようですが、どうぞよろしくお願いします」

そう言って見せる笑顔に温度はない。なのにとても魅力的に見えてしまう底知れない怖さがあった。

真目家は異能の家でもある。このような人物がいてもおかしくないのかもしれない。

「話はわかりました。断るいわれもありませんが、危険なところです。覚悟しておいてください」

「それはもちろん。これでも一通りの戦術戦略を理解しているつもりです。いざというときはお役に立てると思いますよ。一個人としても麻耶様の護衛をできるくらいには戦えますが、グラキエス相手ではさほど意味はなさそうですね」

「差し支えなければ、どうして同行するのか教えていただけませんか？」

怜は少し考えるそぶりを見せたが、いいでしょうと同意した。

「ロシアの一件に真目不坐が介入しているという情報があります。また麻耶様の兄がグラキエスの生息域、クラスノヤルスク地方に行っているのです。まずはこの二点」

グラキエスの一件に真目家が関わっているのだろうか。あるいは巻き込まれたのか。そこまでの判断はつかなかった。

「それともう一つ、これはとても個人的な理由なのですが」

怜は忌々しそうにつぶやいた。

「私の実の兄もシベリアで行方不明なのですよ。縁を切ったとはいえ心配しないわけにもいかないでしょう」

初めて見せた人間味のある表情に、福田は少しだけほっとした。

ロシアのクラスノヤルスク地方はシベリア地帯とはいえ、六月になれば雪も溶けて春が訪れるのが普通だった。

2

しかし現在、広範囲にわたり氷点下二十度以下という日々が続いていた。眼下に見えるのは一面真っ白の雪と氷の世界だ。

ロシアの軍事ヘリコプターKa—52、通称ワニ(アリガートル)は偵察のため、旧ツァーリ研究局から50キロ西の地点の上空を飛んでいた。

ロシアには偵察用のヘリというものが存在しない。その理由は様々な要因が絡(から)むが、現実の対処として多用途ヘリを偵察ヘリとして使うことが多かった。Ka—52は攻撃ヘリで偵察向きとは言えないが、現在の基地の損害状況から他の選択肢はなかった。

「こちらクロコダイル1、現在基地より西北西50キロ、グラキエスの最前線より20キロの地点を飛行中。八代一(やしろはじめ)および六道舞風(りくどうまいかぜ)の両名は依然発見できず」

操縦席に座るアドバンスLC部隊の越塚清志郎(こしづかせいしろう)が淡々と報告をした。ヘリを操縦しながらもその目は地平線近くのある一点を見つめたままだ。視線の先には奇妙な世界が広がっている。

雪と氷に覆われた真っ白な大地が、ある地点を境に赤へと変わっていく。

　夕日に染まった赤ではない。ルビーのような深い赤は見ていると心が吸い込まれそうになる。赤い光の正体は無数の無機物生物(グラキエス)だ。小動物の大きさから小山のようなサイズまで大小数千万を超えるグラキエスが、押し寄せている。

「……了解……。引き……き両名の……」

　通信機から聞こえてくる応答は途切れ途切れで雑音も多かった。一定距離以上になると、電波障害が大きくなるためだ。

「クロコダイル、了解」

　越塚(こしづか)は簡潔な答えで通信を切る。

「なあ、このクロコダイルって名称どうにかならないか？　Cならふつうチャーリーだろう」

　並列複座式の操縦席で隣に座っている元ミネルヴァのメンバーのリバースが、控えめに不服を口にした。大きすぎる体を申し訳なさそうに座席に押し込んでいる姿は、ユーモラスですらある。

「環(たまき)が決めたんだ。あきらめろ」

「あの赤毛の女隊長か？　なあ、彼女はなんで俺のこと見て、クロコダイルって変更したんだ？」

「クロコダイル・ダンディーって映画に出てくる役者に似てたんだとさ。クロコダイル・ダンディーで通じるか？　邦題にするとき変更されるからな」

「ああ、こっちでもクロコダイル・ダンディーってタイトルだったよ。ずいぶん古い映画を持ち出すんだな。けど俺ってそんなに伊達男に見えるか。やあ、まいったな」

「ああ、主人公じゃなくてやられ役の誰かって言ってたな」

まんざらでもないリバースの顔があっというまに曇る。

「一瞬でもあの娘を可愛いなと思った俺が馬鹿だったよ」

二人は軽口を叩きながらも、眼下の景色を見渡す眼差しは真剣だ。八代とマモンが消息を絶ってからずいぶんと長い時間がたつ。

「俺にあんたくらい操縦の腕があれば、二人を助けられただろうに……」

ヘリでスヴェトラーナとアリシアが率いる避難民を救出したとき操縦していたのはリバースだ。民間人優先で、二人を置き去りにするのはやむを得なかったとはいえ、責任を感じる気持ちがなくなるわけでもない。

「モンキーモデルであそこまで持たせられただけでもすごいことだ。並みの操縦士だったら避難民も他の味方も全員死んでる」

「……ありがとよ」

グラキエスから追われたとき逃げる可能性の高い方角を捜索していたが、いまだに彼らが乗っていたスノーモービルの痕跡も足跡も見つかっていない。

「心配するな。八代さんはひょうひょうとしているが、力のある人だ。どこかで必ず生きている」

「まあ、あのマモンってお嬢ちゃんも只者じゃないしな」

リバースは、眼下の景色に意識を集中した。

「見つかりそうか？」

「見えるのはぐちゃぐちゃに踏み荒らされた雪面となぎ倒された倒木くらいだ。荒らされてない方角は南の方角だが……」

そう言いながらリバースは熱心に視線を動かしていた。

「……ちょっと待て、中規模の群れだがグラキエスが南に見える」

慌てるリバースに落ち着いた口調で越塚が答える。

「そちら側の木々は無事なんだな？　グラキエスが通ったあとにいるとは考えにくい。南に限界まで近づいてみよう」

ヘリがまばらに生えている木々の上スレスレを飛ぶ。

「おい見ろ、あれは……？」

リバースが指差した先に何か動いているものが見えた。木々の合間、少し開けた丘の上だ。ヘリで近づくと、それは二人の男女が手を振っている姿なのだと解った。

「いやあ、逃げに逃げたら、逆に基地から遠ざかってまいっちゃったよ。スノーモービルはガス欠になっちゃうし」

まったくまいった様子もなく八代(やしろ)は頭をかいている。

「僕は悪くない」

その隣でマモンがふてくされた様子で腕を組み、そっぽを向いていた。軽い口調のようだがマモンの横顔には疲労の色が濃くにじみでている。

「誰も君が基地はこっちって言った方向が間違ってたからだなんて言ってないじゃないか」

「言った、いま言った！　僕のせいだって言ってるだろ」

鼻先に指を突きつけてマモンは叫んだ。

「言ってない言ってない」

「言った！　だいたいあんたが何回もスノーモービルから落っこちるから、そのたびに戻ってわけわかんなくなったんだよ。燃料よけいにくったのもそのせいだし！」

「だってそれは、君がすぐ変なところを触ったとかセクハラだとか言うから。つかまれないのに急にカーブされたら落ちるだろ」

「おっぱい触っといて胸だかお腹(なか)だかわからないって、痴漢した上にセクハラ発言するからだよ」

「そんなことしてないし言ってない。分厚いコートの上からじゃ解(わか)らないって言ったんだよ」

「ほら、言ってるじゃん！」

二人の馬鹿げたやりとりを見ていると、先ほどまで心配していたのが馬鹿らしくなってくる。しかし二人のかっこうをよく見ると分厚い手袋があちこ破れていて、小銃の銃身は連射しすぎたのか歪んでおり、八代の背中は服と皮膚が大きく斜めに裂けていた。あと1センチでも深ければ命に関わっただろう。

「やあ越塚君、君が迎えに来てくれるとは思っていなかったよ。こっちに来てたんだ」

越塚は直立不動の姿勢で敬礼をする。

「ご無事でなによりです」

「なんとかね。でも実際迎えに来てくれなかったら危なかった。ほんとにありがとう」

破れたコートを脱ぎ、渡された防寒着をはおりながら八代は白い息を長々と吐く。

グラキエスの群れは視認できる距離まで迫っている。いま四人がいる場所も数十分以内にグラキエスの大群に呑み込まれるだろう。群れから離れた足の速い飛行タイプのグラキエスが、遠くに見えるのも珍しくなかった。

「俺はリバース。あんたとは初対面だったよな。活躍はヘリの上から見ていたよ。礼を言うのはこっちだ。ありがとう。あんたが残ってグラキエスを防いでくれなかったら皆死んでた。あ、ともかく無事でよかった。いま基地は大変なことになってるから」

リバースはマモンと八代の言い争いが再開しないよう、やんわりと話の流れを本題に戻した。

「そうそう。バカみたいにでっかいグラキエスの大群はどうなったんだい？　基地のほうに向かったと思ったけどいまは少し退いてるし、なにか対抗策ができたの？」

越塚とリバースはどう答えて良いものか迷った顔をする。

彼らは見た。小山のような巨大なグラキエスを、世界を埋め尽くすほどの無数のグラキエスを。立ち向かったＬＣ部隊やロシア軍が何一つ歯が立たなかったことも、超常的な力を持ったスヴェトラーナや坂上闘真さえ無力であったことも。

しかしそれらは質問の答えではない。

「どうもこうも、突然現れたお嬢さんが一人でみんな解決しちまったよ」

リバースは困り果てた末になんとかそう答えた。そうとしか言いようがなかった。あのとき彼女が何をしたのか、リバースも越塚も正確には理解していなかった。

解るのはただ一つ。グラキエスという超常に匹敵する頼もしくも空恐ろしい存在が、あの窮地を救ったということだけだ。

「ああ……、そういうこと」

名前を言われなくても八代はそれが誰のことなのかすぐに解った。そして二人の戸惑いの意味も理解した。峰島由宇に接した人間は多かれ少なかれ、似たような反応を見せる。尊敬と戸惑い、恐怖に近い畏怖。彼女は意図しなくても周囲の人間を恐れさせ、ひれ伏させる。

故に地下に十年幽閉される憂き目に遭ったのは皮肉に他ならない。

越塚も以前彼女を見ているはずだが、その真価にはいままで触れる機会がなかったのだろう。戸惑いと苦々しさを混ぜた顔をしていた。

「ちょっと意外だけど、でも……」

八代は由宇がロシアに来たことに驚きつつも、由宇が現地にくるからには何らかの解決方法が見出されたのだろうと期待した。

「ま、今はのんびり話をしている時間もないことだし、とりあえず早くここを離れよう」

八代はそう言ってKa―52を見て首をかしげた。

「ところでどうして復座型の戦闘ヘリで捜索を？　グラキエスと戦えるってのはわかるけど、二人乗りだよね。僕達はどこに乗ればいいのかな？」

席が横にならんだ復座型の攻撃ヘリは、搭載できる武装こそ多種多彩でロシアが自信をもって送り出しただけのことはあるが、搭乗人数は二名だ。小柄なマモンならば、復座のコックピットのどこかに収まることはできるかもしれないが、八代は絶望的だ。何より人より一回りも二回りも体の大きいリバースも乗っている。

「現在、基地の損傷が大きく、使える航空機に限りがありました。コックピットにここの四人が搭乗するのは不可能です。恐れながら、これを使用してください」

越塚が差し出したのは降下用ケーブルと落下防止用の上半身を縛り付けるハーネスだ。

「まさかヘリコプターに宙ぶらりん？　ははは、まさかね」

「はい、そのまさかです」

受け取ったハーネスを引きつった表情で見る。さすがの八代もここで笑えるほどの余裕はなかった。

「お渡しした防寒着はADEMの特注品です。風速が加わっても基地までの時間なら低体温にはなりませんからご安心ください」

「いや、そういう問題……？」

「気休めにもならないが、俺も付き合うよ。お嬢ちゃんは俺が座っていた座席に座りな」

リバースが自分にもハーネスを取り付けようとするのを、横からマモンが奪い取って自分の体に取り付けた。

「おい、お嬢ちゃん……」

出会いがしらの八代とのやりとりから、宙吊りなど絶対拒否し真っ先に機内に入り、ゴネる八代を笑うと思われたマモンが、なぜか率先してテキパキとハーネスをとりつけ始める。

「でかいおっさんは早く乗って。けっこう大きなグラキエスの群れがそばまで来てるよ。なんでだろう、突然現れた」

マモンは焦った顔でそれでも手際よくハーネスを身につけた。

「だからといってお嬢ちゃんがぶら下がる理由にはならないだろ」

「なるね。僕はヘリの操縦ができない。横でゴネてる男は操縦できるみたいだけど、二人には及ばない。何かあったとき操縦士は複数いたほうがいい。あなたがコックピットに乗るのは当然でしょ。だから僕と情けない顔してゴネてる男は下。ぐずぐずしないで」

マモンは珍しく真剣な顔で理路整然と話す。基地での時間と今までのマモンの言動から、きまぐれでわがままな少女だと思っていたリバースは面食らった。言っていることもハーネスをつける手際も場数を踏んだ優秀な兵士のものだ。

「いや、しかしヘリで上空から確認したが、まだ群れは……」

越塚とリバースはまだ半信半疑の顔をしていたが、その隣で八代が言い返すこともなく真顔でハーネスをつけていた。

「舞風君が近くにいるというならそうなんだ。彼女の感覚を信じてほしい。だから僕らは生き延びてここまで来られたんだ」

マモンの五感は変異体との融合で鋭くなっている。しかしその説明をしている時間もなかった。

二人の急いでいる姿にただならぬものを感じたリバースと越塚はすぐさまコックピットに乗り込んで、ヘリの離陸準備を始める。リバースは兵器の確認を行い、いつでも攻撃できる準備を整えた。

コックピットの風防越しに八代が安全確認完了のサインを出す。越塚はぶら下がる二人を考慮して、ゆっくりとヘリを上昇させた。

「近くにグラキエスの姿はないぞ」

周囲を警戒していたリバースは上空から周囲を確認するが、遠くにいたグラキエスの群れは先ほどより近づいているものの、いますぐ飛び立たなければならないほどではなかった。

「やっぱりあのお嬢ちゃんの勘違いだったんじゃないか？」

「それならそれでいい。今は少しでも……え？　どういうことだ？」

越塚にしては珍しい感情をあらわにした驚いた声が出る。それと同時にヘリを急上昇させた。

ヘリの真下に小型のグラキエスの群れがどこからともなく地上に突然現れた。マモンの言う通り、すぐ近くに急にだ。八代とマモンは既に地上から離れているものの、まだ低い位置にいた。

実際のところ間一髪だった。ぶら下がっている二人に飛びかかろうとしたグラキエスも数十匹はいる。

「どこからこれだけの群れが……」

越塚が慌ててヘリを上昇させると、グラキエスがどこから現れたのか判明した。地面に大きな穴が空いていて、そこから次々と現れてきていた。

「地下から？　まるで蟻だな」

リバースも身を乗り出して驚いている。

「地面の下にもいるのかよ。どうなってんだ、いったい」

突然開いた直径一メートルに満たない穴。しかしそこから湧き出てくるグラキエスは尽きることなく、ヘリが離れていっても群れが拡大していく様子がはっきりと見てとれた。

ヘリからぶら下がっている八代とマモンはさらに切迫した状況なのが把握できる。

「うわっ、やばっ！」

さらに上空になり周囲が見えるようになると、地上を埋め尽くさんばかりのグラキエスの群れが眼下に広がっていた。

「あんなのに追いかけられて、よく生き残れたよね」

顔を青くする八代を見てマモンは満足げだ。

「僕に感謝してよ。一生、毎朝、毎晩、いついかなるときも僕に感謝するといいよ」

ふんぞりかえって落ちそうになったマモンを慌てて八代が抱きとめた。

3

ロシア、シベリア連邦管区、旧ツァーリ研究局。クラスノヤルスク中央基地より西北西に30キロメートル、グラキエス第三観測塔。

双眼鏡で地平の彼方を監視していた兵士の目に赤い光点が見えた。かと思えばその数は見る間に増えていき、光点は判別不可能なほどに密集し、地平線に一本の赤いラインを作った。その光は空の雲さえも赤く染め上げた。見ようによっては日の出の地平線に見えなくもなかった。

観測員はすぐさま通信機に呼びかける。

「こちらグラキエス第三観測塔。グラキエスの大群を目視で確認。その数計測不能。数が多すぎる」

『こ……本部……、了……。すぐさま…収……』

雑音がひどい。グラキエスの生息域に発生する通信障害だ。観測員は発光信号によるモールス信号を後方の別の観測塔に送った。

「撤収、撤収！」

観測員は荷物をまとめて急いで観測塔を駆け下りる。途中、いくつかの荷物がこぼれても、拾う余裕などなかった。

第七観測塔ではグラキエスを目視したとの報告後すぐに連絡がつかなくなり、誰も帰還することはなかった。第三観測塔に詰めていた兵士達はすぐさまヘリコプターに乗り込み発進させる。

まるでその瞬間を見計らっていたかのように、地面が割れてグラキエスが現れた。巨大な顎がヘリコプターにむかって容赦なく閉じた。もし捕まっていたら巨大な顎にヘリコプターの外装は紙のようにひしゃげて墜落していたに違いない。

眼下に見える地面では次から次へと、グラキエスが地下から姿を現す。あと数秒遅かったら生きてはいられなかっただろう。

　兵士達全員、顔面蒼白になった。

　環あきらはロシア軍基地の司令室で腕を組んで立っていた。

「第三観測塔からの報告。グラキエスの群れを目視で確認。その数、測定不能。グラキエスで覆い尽くされて、大地が見えないとのことです」

「接敵までの予測時間〇〇一五です」

「残り一時間四十五分ってところか。各部隊の配置状況は？」

「第三、第四部隊は配置完了。第一、第二部隊もまもなく配置が完了するそうです」

　次々と入る報告にじっと耳を傾ける。本音を言うなら今すぐ最前線に向かいたいのだが、いまは待つべきだと理性では理解していた。そのいらだちは二の腕を叩く指に表れている。

「我慢我慢……」

　数々の作戦に従事してきたあきらだが、今回ほどじれた気持ちになったことはない。それもそのはずだ。今回の作戦の成否は基地にいるロシア軍兵士二千名以上、ＬＣ部隊四十名、避難してきた民間人百数十名の命がかかっているだけではなく、人類の、ひいては有機物生物の存亡がかかっている。

──きついなあ。

内心の弱音を打ち消すように、頭の中では基地周辺の部隊の配置図を展開する。基地から5キロの地点に控えている第一部隊がグラキエスと遭遇し戦闘に入るまでおよそ四十五分、そこからできる限りグラキエスを退けて基地に寄せ付けない必要がある。第一が突破されても第二、第三、そして最終防衛ラインの第四がひかえている。

が、そこが突破されて基地に侵入されればおしまいだ。

「フリーダムとの通信回復はまだ？」

じれた感情を押し殺して問う。

「いぜん通信不……、いえ、フリーダムとの通信回復しました！　繋ぎます」

「こちらアドバンスLC部隊の環あきらです。現在、作戦行動を継続中。ロシア軍の協力により、部隊の配備を行っています。先のグラキエスとの戦闘により、兵器の損耗率20パーセント、兵士の損耗率8パーセント。LC部隊は負傷者五名、戦闘の継続は可能です」

『こちら波号部隊フリーダムの福田です。作戦ポイント到達予定時間〇一一八。偏西風のあおりを受け、若干の遅れが発生しています』

あきらは窓の外に見える巨大な竜巻に目を向ける。あの巨大竜巻の正体は判明していないが、周囲の気象に多大な影響を与えているのは想像に難くない。

「あんなのがあっちゃねえ」

作戦行動三分の遅れは致命的になりかねない。

「彼我の戦力差はいかんともしがたく、兵士も兵器も限りがあります。ええと、もう少し早くこれない？」

後半はもう祈るように言う。

『状況把握しました。VTOL機部隊を先行させます』

「助かります。一秒でも早い貴隊の到着をお待ちしています」

矢継ぎ早に通信が入る。

『環か？　越塚だ』

「越ちゃん？　うちらの上司は見つかった？」

『ああ、八代さんもマモンも無事保護した。今から帰還する』

越塚の通信はいつも通り簡潔だ。

「よかったあ。二人とも無事だったか」

安堵のため息をつくがすぐに表情を引き締める。手元にはうずたかく積まれた紙の束があった。

4

あきらが書類とにらめっこして難しい顔をしているのを見た萌は首をかしげた。

「そんな顔してどうしたの？」

「ああ、うん。ちょっとね、難しい任務を真治さんから言いつかってたの」

「大変なの？」

「大変かなあ。あたしにできるかなあ。でも今回の作戦の命運を左右するって言うしなあ」

あきらは腕を組んで首をかしげている。

「あきらなら大丈夫だよ。どんな敵だってやっつけちゃうよ。僕も手伝うから」

大きな図体でおろおろしながら、握りこぶしを作って必死にあきらを励まそうとしている。

「萌ちゃんはいい子だね。でも今回は強敵だよ」

「あきらと二人ならどんな強敵もへっちゃらだよ！」

そう言っていた萌だが、いざ戦う相手を前にするとあきらの背中に隠れた。しはいえ、巨漢の大部分はほとんど隠れていなかったのだが。

「何か用か？」

強敵――峰島由宇はロシア基地の一室でＬＡＦＩサードで何かプログラミングらしい作業を

していた。

「戦う相手ってこの人なの？」

由宇に対して苦手意識があるようだ。

「戦う？　なんのことだ？」

そう言いながら由宇の雰囲気が変わる。外見こそまるで変わらないが、雰囲気ががらりと切り替わった。予想以上にけんかっ早い。

「ちょっとストップ！　そこまで！　私の武器はこれです」

あきらは丸めた書類を剣のように目の前にかざして見せ、怪訝な顔をしている由宇ににっこりと笑う。

「真治さ……伊達司令からの伝言。『この作戦の指揮はおまえがやれ』だとさ」

書類の束はこれから行う対グラキエスの作戦書類だ。

「何を言っている？」

「あんたが指揮を執ったほうが作戦成功率が7・5パーセント上昇するって結果が出た、って話」

由宇はこめかみを押さえて反論する。

「私は人に指示をしたり軍を動かしたりした経験はないぞ」

「たぶんそうだろうなとは思っていたけど」

あきらも伊達の指示に首をかしげていた。しかしそれは素人に任すという無茶な指示への不平不満というより、純粋に不思議に思っている様子だった。

「たぶん伊達司令にも何か考えがあってのことだと思うから。それに今回の作戦の立案者はあんただって話じゃない？　なら全体の進行を正確に把握できるのもあんただからじゃないかな。最大限のサポートはするよ」

由宇は十秒ほど難しい顔をしていたが、

「このあとやることがある。二十分以内にこれだけ用意して欲しい」

決断から行動までが異様に早い。キーボードでスケジュールをあっというまに書きあげたようだ。

——分刻みのスケジュールが来そうだな。

と予感していたが、

「秒刻みで来たかあ……」

端末に送られてきた表を見て、あきらは嘆息する。必要な人材から武器兵器機材までびっしり埋まっていた。それでいてギリギリ可能そうなのは、さすがというべきか。いややはり綱渡りなスケジュールだ。

「フリーダムから届く荷物のテストを行うので、終わったら呼んでくれ」

「テスト？」

由宇が窓の外を指さす。窓から見えるのは基地の滑走路だ。そこから上空に光点が近づいてきた。それは航空機だと経験上すぐに察した。

「フリーダムから届く荷物ってあれ？」

「フリーダムの搭載ＶＴＯＬ機だ。中には遺産技術の武器が入っている。ロシア軍もＬＣ部隊の隊員部隊も戦力を増強しなければ、グラキエスの侵攻を止めることはできないだろう」

グラキエスの侵攻を止める。あきらにはいまだに実感が湧かない。本当にそんなことが可能なのだろうか。故に自分が指揮官では駄目なのだろう。

いまこの基地にいる人間の中でグラキエスを止められると本気で思っているのは、目の前の少女だけに違いない。

5

——いた。

アリシアが少女——峰島由宇に話しかけようとしたのはいくつかの思惑があった。まず第一に、少女の正体を知りたかったこと。おおよその見当はついているが確証には至っていない。

彼女を初めて見たのは映像の中だった。海星がロシアの軍事基地を襲撃したとき、たった一人でそれを阻止した謎の人物として。その後、アリシアがわが目で見たのは、ＡＤＥＭと海星がフォーツーポイントのサルベージ船の上で決戦を行ったときだ。どちらのときも何十機ものレプトネーターを軽くあしらい、常人ならざる身体能力を見せつけた。

遺産技術で改造されたアドバンスＬＣ部隊の一人。そう結論づけるのが妥当だが、何か引っかかる。説明しきれない部分に深い謎が隠されていそうだと感じていた。

——もしかしたら峰島勇次郎（みねしまゆうじろう）の……。

荒唐無稽な説だが捨てることはできなかった。それにもし予想通りの人物であったなら、ＡＤＥＭ最大の秘密を知ることになる。

少女は超音速で飛来したＶＴＯＬ機のチェックをしていた。

この殺伐とした基地と状況には不釣り合いな美しい少女だ。無骨な兵器類に囲まれて長い髪が風に揺らいでいる姿は不思議と絵になっており、軍のプロパガンダではないかとすら思わせる。

この姿を入隊募集の広報に使えば、人手不足などあっというまに解消されるに違いない。

少女がチェックをしているのは、つい先ほど到着したフリーダムの艦載ＶＴＯＬ機だ。

「開発コードはＬＥＡＦ。ＤＩＡが超最新技術を駆使して作製したＶＴＯＬ機よ」

遺産技術を超最新技術という言葉で濁すアリシア。この遺産技術の航空制御（アビオニクス）は、航空機の運動能力を二世代は引き上げたとんでもない代物だ。

「知っている。フリーダムの艦載機だ。この前の戦いでは超音速タイプは使用していなかったようだが」

この艦載機はフリーダムのＶＴＯＬ機の中でも特別製だ。戦闘機としての運動能力は群を抜いている。頭一つどころか三つほど飛び抜けていた。

「ＤＩＡは密かに遺産技術を導入したのだろう」

「そ、そうなの？　峰島勇次郎の遺産技術にも似たようなものがあるのね」

言い訳としては苦しいが体裁は大事だ。ＤＩＡとの連携を考えれば情報の漏洩は避けたかった。

「言っておくが峰島勇次郎の遺産技術ではないぞ」

由宇がスイッチを入れると機体が起動し、垂直上昇を始めた。強い風にアリシアと由宇の髪が大きく揺れる。

「遺産技術でないってどういうこと？」

答えてからアリシアはしまったと気づく。これは暗に峰島勇次郎の遺産技術だと認めてしまったことになるではないか。思いがけない返答はアリシアから情報を聞き出すための話術だったか。しかし相手はそのようなことをしているふうでもなかった。

「言葉の通りだよ。このＶＴＯＬ機に積まれているアビオニクスは峰島勇次郎が作ったものではない。私が確立した技術だ」

「……あなたが？」

「懐かしい、というのもおかしいが昔作ったものだ。遺産と呼ばれる技術の何割かは私が関わっている。中には勇次郎がいっさい関わっていないものもある。総じて遺産技術と言われるのは、不正確かつ不適切かつ不愉快なのだが、訂正してまわるのも面倒なので誤解がとけることもないのだが。ともかく、このアビオニクスはそのうちの一つ。私が作ったものだ」

確定だ。この少女は峰島勇次郎の娘、峰島由宇だ。いや、目の前の餌に食いつきすぎたか。もう少し慎重に話を進めよう。

「へえ、すごいのね。いったいいつ頃作ったの？」

ＶＴＯＬ機の慣らし運転をしてるのか、ホバリング状態のまま、前後左右へと動かしていた。少女はモニターとＶＴＯＬ機を見比べながら、アリシアに指を四本立てて見せる。

「四……四年前ってこと？」

ありえない。四年前なら峰島由宇を自称する少女は十代前半だ。アジア人は若く見られることが多いので見た目より年齢がいっているというのはよくある話だが、目の前の少女はどんなに高く見積もっても十代だ。

しかしそれでもギリギリありえるかもしれないという数字は出してきた。ＶＴＯＬ機がいつ頃製造されたか解らない以上、四年前は妥当な年月だろう。

「違う。四歳の時だ」

「よ、四歳？」

妥当な年月どころではなかった。

「しかしこんな稚拙な方法で喜んでいたのか。私も未熟だった」

古いおもちゃを懐かしむ表情をしていた。

「ち、稚拙？」

言った言葉を繰り返すことしかできない。もはやオウムになった気分だ。

確定だ。この娘は峰島由宇ではない。いくらなんでも、はったりが過ぎている。海星と戦っている姿は見たことがあるし、サルベージ船の上では一緒に戦ったこともある。だから戦闘能力も分析力も尋常ではない少女と知っているが、いくらなんでもはったりが雑すぎる。

おそらく遺産技術で強化された人間。そして遺産技術を狙う犯罪者をおびき寄せるための解りやすい餌に違いない。

――だとしてもお粗末ね。もう少しもっともらしい嘘をつけばいいのに。

そこに若さが表れたのかもしれない。ただ戦力としては頼もしい。頼もしいがグラキエス相手に一騎当千が一人か二人増えたところで絶望的な状況なのは変わりがなかった。

「そう。整備頑張ってね」

ここで得られる情報はもう何もない。アリシアはその場を離れようと背を向けて何歩か歩き出したところで周囲の変化に気づいた。

滑走路にいたロシア兵が空を指さしていた。何人ものロシア兵達が空を見上げて騒ぎ始めた。

まさかグラキエスが来たのだろうか。

アリシアは後ろを振り返り、空を見上げた。そして信じられないものを見た。

VTOL機が飛んでいる。しかしその軌道はアリシアの知る航空機とはまるで違っていた。加速と旋回が速すぎて直角に見える。いや、そんな生やさしいものではない。ほとんど減速なしにジグザグに飛んでいた。機体の軌道は見たこともないほど複雑で、一見すれば制御を失ってデタラメにきりもみしているようにしか見えなかった。

この動きを見たことがある。真偽の定かでないUFOの映像だ。たまに軍の観測機にも記録される未確認飛行物体が見せる物理法則を無視したとしか思えない動きだった。

他のロシア兵と同じくアリシアも口をあんぐりと開けて見入るしかなかった。

いままで搭載されていたものより二世代は引き上げたというアビオニクスの比ではない。完全に異次元の性能だ。

「まあ、こんなものか」

ただ一人だけ、少女――峰島由宇だけは平然としていた。

「え、あ、ええ、フリーダムの特別仕様VTOL機はこんなこともできるのね」

それだけ言うのが精一杯だった。

由宇は眉根を寄せる。アリシアはまた自分が何か間違ったことを言ったらしいと悟った。

「何を言っている？　性能はフリーダムの汎用型艦載VTOL機レベルに制限してるぞ。一機だけこんな動きができたところで、なんの意味がある。艦載機全部がこの動きをする」

由宇がキーを叩くと、ＶＴＯＬ機はさらなる飛躍を見せた。ＵＦＯの動きを超えた。それ以上は理解が追いつかない。

「この機のスペックならこれくらいは引き出せる」

人知を超えたとしか思えないＶＴＯＬ機は、何事もなかったように目の前に静かに着地した。


あきらが由宇を呼びに来たのはその直後のことだった。

「戦車乗りと飛行機乗り、全員集めたよ」

由宇は簡潔にうなずくと、そのままスタスタと歩き出す。

「ちょっと待って、場所は聞かなくていいの？」

「把握している」

少女の足取りに迷いはない。

「待って。なんでアリーまでついてくるの？」

「ちょっと興味が湧いたのよ」

言い返そうとしたがここでアリシアを追い返すほうが手間だと感じたあきらは、まあいいかとあっさり承諾した。

ロシア兵とLC部隊の隊員併せて千名以上が規則正しく並んでいた。由宇は五階建ての建物の屋上から兵士達を見下ろしている。その隣であきらは彼女が何をしようとしているのか興味深く観察していた。

兵士を集めた理由は解らないでもない。激励や演説を作戦前に行うのは極めて普通なことだ。ただ目の前の少女の行動としてはイメージにそぐわない。

そしてもう一つ、おかしなところがある。

「こんな高いところに登ってなんのつもり？」

隣でアリシアがいぶかしんでいる。それもそうだ。わざわざ建物の屋上から見下ろす理由などない。

あきらも同じ気持ちだ。

「簡単なテストを行う。君達の運動能力を知りたい。指示通りにやってくれれば数分で終わる」

それから由宇が出した指示はとても奇妙なものだった。

「まずはその場で数回、ジャンプしてくれ」

集まった兵士達は戸惑うが、やがて言われた通りに行動し始める。

屋上からじっと見ていた由宇だったが、

「イゴール・パシケビッチ上等兵、スタニスラフ・ティムチェンコ三等兵、なぜ跳ばない？」

指摘されたロシア兵はぎょっとした顔で、慌てて周囲にならって指示通りに動き出した。

「知っている兵士がいたの？」

ざっと見たところ、指摘された人物以外はそこそこ真面目にやっているようだ。たまたま不真面目な人間だけを知っていたのか。

「まさか……全員のことを知ってる、とか？」

あきらは自分で言いながらも、まさかという気持ちが強かった。

「セルゲイ・クリムキン兵、その足の怪我は戦える状態ではない。君のやるべきことは医務室で治療を受けることだ」

指摘された何名かの兵士はやはり驚いた顔をしていた。

「なるほど健康状態のチェックだったのね」

そう言うアリシアはしかし心のどこかで納得はしていないようだった。あきらも同意はしない。高いところに登ったのは全員の動きを見渡すため。確信を持てるのはこれくらいだ。

「次は回れ右を二回、二歩下がり、さらに回れ右を二回、二歩前に……」

怪我や協調性を知りたいだけだったら、こんな奇妙な命令を出すだろうか。

「次は左手をあげる。真横に……」

由宇の奇妙な指示は五分ほど続いた。健康状態のチェックでないことはあきらかだ。だからといって何を目的としているのかまでは解らない。

「なんていうか、こう言うのが適切かどうかわからないけど……、パーツを検品しているみたい」

アリシアは自信なさそうに言ったが、その表現はあきらの胸にもすとんと落ちた。

「そう、それ。動作チェック！　あたし達が新しい銃器手に取ったときやるみたいな！」

二人は納得しかけたがしかしすぐにおたがいに首をかしげた。

「でもなんのために？」


疑問の答えを知る機会はほぼ直後にきたといっていい。

由宇はまず戦車乗りに車両に乗り込むように命じ、数十台の戦車を発進させる。作戦行動のポイントに移動させるのだが、その前に簡単な演習を行うことになった。

一列に並んだ車両を見て、由宇は指示を飛ばす。

「33―1から33―5まで微速前進、12メートル直進後、速度そのままで右に二十二度旋回」

「ねえ、二十二度って、そんな細かい旋回指示無理だと思うよ」

「33―1の車両から120メートル先にある杉の木が照準に入ったら、二十二度だ。他の車両は33―1の移動を追随。次に……」

由宇はおかまいなしにそんな調子で指示を出し続け、慌ててあきらが止めに入る。

「ちょ、ちょっと待って！　指示が細かすぎるしギリギリすぎる。一歩間違えれば、いや指示の反応が一秒遅れただけで事故に繋がる。もっと余裕を持たないと！」

少女は頭がいい。これだけ物事が見えていれば、もっと成果を出したくなるだろう。そしてもっと無茶な指示、綱渡りのような一歩のミスも許されない指示をするようになる。しかしそんなものがうまくいかないことはあきらはよく解っていた。

ここは経験者としてきっちりいさめなければならない。

「12―3、10メートル進み停車、12―5、砲撃」

戦車は指示より2メートル先に進んでしまい、そのすぐ後ろを砲撃が飛んだ。

「ほら、言わんこっちゃない。いまは指示通りに停止できなかったからよかったけど、味方を撃つ大惨事になったよ」

由宇の指示通りに動けない車両はあちこちにあった。むしろ指示通りに動けるほうが圧倒的に少ない。兵士の練度のせいだけではない。由宇の指示が細かすぎるせいもあった。

「ああ、また！　ギリギリ！　よく事故らなかったね……」

由宇の細かすぎる指示に対処できない戦車隊だが、それでも致命的な事故は起こっていない。ミスが重なっても不思議なくらいうまく廻っていた。しかしそばで見ていたあきらは気が気でない。だがいくら注意をしても由宇の指示の手が緩むことはなかった。だが一緒に横で見ているアリシアはまた違う感情を抱いたようだ。

「待って、あきら。違う。ううん、ちょっと自信ないんだけど、あまりにも馬鹿げているから間違っていると思いたいんだけど……」

「そんな奥歯に物が挟まったみたいな言い方、らしくないよ」

「そうね。一回や二回なら偶然だけど、さっきからもう十回は指示と違う動きを見せても、事故にも繋(つな)がらず回っている」

「そうだね。運がよかった？　ロシア兵が寸前にミスに気づいて修正してきた？　それはないか。練度は高くないし、それだけじゃ説明がつかない……、え、あ……」

あきらはアリシアが言おうとしていることに気づき絶句する。

「これはあくまでも仮説、もしかしての話なんだけど……、指示通りに動けないのを見越して、指示を出しているのではないかしら？　10メートル動けと言われて、すぐに行動できる兵士もいれば、数秒遅れる兵士もいる。前後数メートルずれることだってある。でももし、もしもそれがすべて予測済みなら……」

「ちょっと待って、待って。その結論はおかしい。絶対おかしい。じゃあなに？　さっきの兵士集めて色々身体(からだ)動かさせてたのって、どれだけ正確に動けるか把握するため？　あの場に何人いたかわかってる？　千人以上だよ」

「そうね。車両すべて有機的に動かすだけでも不可能だと思う。そこに能力の個人差を見越して指示を出すなんて不可能……よね？」

二人の驚きをよそに由宇は淡々と指示を出している。何十両もの戦車隊はまるで一つの生き物であるかのように動いていた。

「……気持ち悪い」

アリシアは率直な感想を口にした。無骨な戦車がこれほど有機的に連動して動くなどありえない。

ひときわ大きな砲撃の音がした。二十台以上の車両が様々な角度から一斉に撃った。それらは様々な軌道を描き、２キロメートル先の丘の上に数十センチの誤差もなく同時に着弾した。もしその地点にグラキエスがいたらひとたまりもなかっただろう。

そんな練度はロシア軍にない。まして度重なる戦闘で整備も行き届いていない車両で行うなど不可能に等しい。

いまの演習の成果は奇跡に等しかった。

「さすがに誤差が出る。まだ車両の個体差、個人の能力差を把握しきれていないな」

しかし由宇は不満を口にした。

『防寒着が身体能力把握の妨げになったか？　そのあたりのデータは俺のほうが正確に出せるだろう。一連のデータをつなげ戦略に結びつけるのはおまえがやったほうがいい。攻撃ヘリ二十二機、戦闘機十七機、自走砲五十二台、装甲車六十台。すべてに指示を出すのはどのような方法を考えている？　まさか口頭のみでやるつもりか？』

由宇が持っているノートパソコンのＬＡＦＩサードから人の声が聞こえる。あきらは何度かは聞いたことはあったが、通信の相手にしては奇妙な方法で不可解な点も多かった。

「風間か。突然話しかけるのはやめてくれ。おまえの指摘通り無理だ」

初めて人間らしいことを聞いて、あきらもアリシアもどこかほっとした。

「さすがに数百台同時に指示を出すのは無理だよね」

「当たり前だ。そこでキーボードの入力から合成音声に変換して指示の効率化を図る。さらに強烈な原体験と身体の動きを連動するように脳のシナプスに植え付けた。パブロフの犬のようなものだと思ってくれればいい」

『人間の行動を半自動化させたか』

「そういえば……」

由宇がやらせた演習は必要以上に密集させ砲撃のタイミングは常に紙一重、一歩間違えれば大惨事になるという代物だった。もしかしてそんな意味があったのか。

「危機的状況に陥ったとき、フラッシュバックで手足が攻撃行動、あるいは防御行動を取るようにしてある。これである程度は指示の空白時間が生じても行動できるようにした。応急処置の域を出ていないが、いまはこれで妥協するしかないだろう。ふう、世の中の指揮官というものはこんなハードなことをしているのか」

あきらもアリシアもそんなわけあるかと言いたかったが、様々な意味で話が通じそうになかったのでやめた。

由宇はスプレー缶を振って、ロシア兵の一人に吹きつけた。大勢の兵士が興味深そうに見ている。

あれから戦車隊や航空機でも同じように、人間離れした指示を成功させた由宇はすでに兵士全員の心をつかんでいた。

――この少女はただ者ではない。

その認識が基地内に伝播しつつあった。

グラキエスはもちろんだが、遺産技術を使うあきら、スヴェトラーナといった面々が尋常でないことは承知していた。

しかし目の前の少女――由宇はまるで違う。遺産がもたらす暴力的で威圧的な戦闘力ではない。彼女がやることには理性と知性を感じさせる。

「借りるぞ」

由宇はそばにいる兵士から小銃を受け取ると、フルオートにセッティングし、スプレーをかけた兵士めがけてためらうことなく引き金をひいた。三十発の装弾数をわずか数秒で撃ち切ってしまう。

全員が青ざめた。いま目の前で仲間が銃殺された。至近距離でフルオートを浴びれば、人の形も保っていないだろう。誰もがそう思った。

しかし撃たれてのけぞった兵士はいっこうに倒れることもなければ、血を流すこともなかった。

「うわあああぁぁぁぁ！」

甲高い悲鳴を上げているだけだ。しばらくして兵士は自分の身体のあちこちをさわり、無事であることに目を丸くした。

「Cランクの遺産、スプレー式の防弾防刃コートだ。服だけでなく窓ガラスに吹きかけるだけでも割れなくなる。限度はあるが、生身でグラキエスと対峙しても生き残れる可能性が飛躍的に伸びる」

「すごいけど、撃たれた兵士トラウマになるんじゃない？」

あきらの心配ももっともだった。

「すげえ、俺もついに遺産技術で超人になれたのか⁉」

予想に反して撃たれた兵士は浮かれていた。

「人選は間違ってないつもりだ」

こともなげに言う由宇はどこか得意げだ。

次に由宇が取り出したのは、手の中に収まりそうな小さいプラスチックの塊に、ひもがついているだけの代物だった。

「ひもを引けば、グラキエスが嫌う周波数を鳴らす。一時的に怯ませることができる。人間の耳には聞こえないから、引いたのに壊れていて鳴らなかったと勘違いしないように」

「安っぽい防犯グッズにしか見えないんだけど」

あきらやアリシアも受け取った装置をしげしげと見る。

「その認識は正しい。市販のもののサウンドデータを書き換えただけだ」

よく見ればプラスチックの表面はエンボス加工で商品名が書いてあった。

「八代のらい……なんとか鳴？　と似たようなものね」

血のにじむ思いで習得した技と言っていたが、安っぽい防犯グッズで同じことができると知ったらどう思うだろう。

「ずっと鳴らすわけにはいかないの？」

「なれてしまう。いざというときに一瞬相手をひるませる程度だ。さて次は……」

まるで深夜の通販番組のように、誇大広告としか思えない性能の遺産技術が次々と披露された。

6

八代とマモンをぶら下げたヘリコプターはグラキエスの群れの上空を横断し、基地まで一直線に飛ぶ。隠れていた大地が見えて、その先には基地の姿があった。

上空からグラキエスと基地の距離を見ていた八代は、頬がひりつく寒さも忘れつぶやく。

「こんなに近い……。もう一時間もしないうちにつくんじゃないか？」

足下から恐怖がはいあがってくる感覚に襲われるのは、なにも不安定なロープにつかまっているせいだけではない。

基地に近づくと、すでに大勢の兵士や兵器の姿が所狭しと移動していた。グラキエスを迎え撃つ準備だ。

「なに、あれ？」

基地には破壊の跡があちこちに残っていた。建物の三分の一は破壊され、路面や滑走路もえぐられているか瓦礫が四散していて、使い物にならない状態だった。ひっくり返った戦車や装甲車の姿もある。基地として機能するのか怪しかった。

「僕達が最後に見たときはカッコ悪くてボロかったけど、もっとまともな基地だったよ」

「そうだね」

マモンが背後に目をやると、遠くにグラキエスの一団が見える。まだ数十キロ先だが、基地に到着するまでさほど時間がないことくらいは彼女にも解った。

「このまま着陸しないで、逃げちゃったほうがいいんじゃないの？」

「岸田博士を置いてそれはできないよ」

マモンには彼女がいなくなったあとの経緯を簡単に話してあった。

「博士を見つけて保護して、無事に日本に連れ帰る義務が僕達にはある」

マモンは押し黙ったままだ。見ているのは遥か先のグラキエス群。確実に広がっている無機物生物の生息圏では、人間の生存にいっさいの容赦などない。

「みんな死ぬのかな」

この状況をひっくり返せる手段などどこにもないように見える。

「大丈夫、じつは増援が来るんだ」

「初耳なんだけど。嘘言ってない？」

「僕の目を見てくれよ。嘘を言っている目に見えるかい？」

出発前、伊達が元海星の兵士達を組織に入れる手段を画策していた。成功していれば、フリーダムでこちらに向かっている可能性もある。しかし万が一フリーダムがあっても、この状況がどうにかなるとは思えなかった。

「濁った目はもう見飽きたからいいよ」

不安からか視線をそらす。気の強いマモンですら不安を抱いている。ならば決して士気が高いとはいえないロシア軍は逃亡兵も続出しているのではないか。

——基地はひどい有様になってそうだな。

規律が保たれているかも怪しい。グラキエスに殺される前に、人間同士の争いで命を落とすかもしれない。

——それでも彼女なら。

あの天才少女ならば、思いもよらない方法を思いつくかもしれない。事実、一度はグラキエスを退けたと聞いた。

それでも八代は知っていた。峰島由宇とて万能ではない。

この基地にいる数千人を守れるだろうか。なによりグラキエスをどうにかできるのだろうか。

そこへ轟音とともに五機の戦闘機が編隊を組んでヘリコプターのそばをかすめるように飛んできた。

「な、なに？」

大きく揺れるロープにつかまって、マモンは編隊を組んでいる戦闘機を見る。五機は機首を大きく上げて上昇し、そこから綺麗に四方へ分かれた。まるでアクロバティックな飛び方をする曲技飛行だ。

「ロシア軍ってこんなに操縦うまかったっけ？」

「自衛隊のブルーインパルスかアメリカ海軍のブルーエンジェルスもかくやだね。ロシアの曲技飛行チームが派遣されてきた？　わけないよね」

眼下に戦車隊の演習風景が見えるようになると、二人はますます困惑した。

数台の戦車が横一列に並んで走っている。しかしそれぞれの車間距離は数十センチしかない。整備されていない平原でそんなことをしたら、あっというまに激突する。しかしそうはならなかった。

それどころか旋回し砲撃までのタイミングは完璧で着弾は一ヶ所に綺麗に集まっている。どれほど練度を上げればこれほど見事な射撃ができるのか。

「いやいやいや、おかしいでしょう！　どうなってるの？」

基地の外では大勢の兵士達が動いている。その動きはいまにも脱走しそうな兵士達のそれではない。あきらかに士気は高く、活気に満ちている。少なくとも悲観している様子はなかった。

「まさかグラキエスの接近を知らせていない？　ないか。もう見張り台から見える距離まで来てるはずだ。それに飛行機や戦車の動きの説明がつかない」

マモンも八代と同じように困惑してばかりだ。

「おかしいよ。僕がこの基地を離れたのはたった数時間前だよ。雰囲気がぜんぜん違う。みんなダレてて、ヘリを盗むのだって楽勝だったんだから」

ヘリコプターは基地に着陸するための下降を始める。

下降途中で目についたものを見て、八代とマモンは何度目かの絶句をする。

「なんなの、あれ？」

巨大な何かが基地にうずくまっている。高さ100メートル以上、長さ400メートル以上。体の外見的特徴からグラキエス、さらに言えばクルメンと呼ばれる種であることは解るのだが、いままで色々見てきたグラキエスの中でも、抜きん出て大きかった。

それほど巨大なグラキエスが微動だにせずうずくまっている。おそらく死んでいる。いったいどうやってという疑問は、同時に一人の少女のことを思い浮かべる結果となる。

ヘリが下降して地面に足がつくや否や、八代とマモンはハーネスを外して巨大グラキエスの残骸の前に立った。

「なにこれすごくない？」

「こんな巨大なグラキエスもいるのか」

そして倒してしまうのか。

「そうね。あの娘はタバコ一本でこのグラキエスを倒してしまったわ」

そう話しかけてきたのはアリシアだ。いつのまにか二人の後ろに腕を組んで立っていた。

「タバコ一本？」

「そう、信じられない話でしょうけど」

マモンは親しそうに話す八代とアリシアを交互に見る。正確にはアリシアへは顔を見て胸を見てのトライアングルな視線移動だ。

「この人誰？」

アリシアを見るマモンの声のトーンが普段より一段低かった。

「アメリカの偉い組織のそこそこ偉い役職の職員さんだよ」

「ちょっと運転手、説明適当すぎない？」

「僕のことを運転手って呼ぶのもそれなりに適当じゃないかな⁉」

「アメリカのそこそこしか偉くない人がなんでこんなところにいるの？」

マモンの顔も声もさらに刺々しくなった。

「そう、そうだよ。もしかして僕のことが心配で迎えに来てくれたのかい？」

「まあそうね。あなたを見捨てた負い目があるから、無事に戻ってきてくれてちょっとほっとしたわ。そういう意味では隣の勇敢な女の子に感謝ね」

思いのほか素直な言葉がきたので八代は面食らってしまった。

「とはいえ、いまから三十分足らずで津波のようにグラキエスが押し寄せてくるから、助かったと言えるのか微妙なところかもしれないわね」

「三十分？　やっぱりその程度しか残されてないのか……」

「そう、残された時間はあと少し。基地には数千人がいる。避難しようにもとうてい間に合わないし逃げる時間もない」

ならばいまのこの基地の雰囲気はどういうことなのか。

「ロシア軍ってこんなに練度高かったっけ？　グラキエスとの戦闘経験があるから他のロシア軍に比べればマシって程度だったと思うけど」

「さっきまでは間違いなくそうだったわ」

アリシアは力なく笑う。

「さっきまでは？」

「たった一人の少女が、あっというまに、凡庸な軍隊を精鋭部隊に変えてしまったのよ」

少女とは峰島由宇のことだろう。そこまでは想像がつく。しかしその先が解らない。

「その顔を見ると心当たりはあるけどよくわからないって雰囲気ね。口で説明するのは無理。自分の目で確かめなさい」

「そうするよ」

「ねえ、運転手、あの娘何者なの？」

「何者なんだろうね？　って、アリシアさん？」

アリシアは愛用のライフルを八代の前に突き出した。

「優秀なスナイパーは自分で手入れをするか、腕のいい職人にしか相棒をいじらせない。弘法筆を選ばずってことわざが日本にあるみたいだけど、やっぱり熟練の技で整備された銃は違うものよ。あの娘は私から銃を奪うと、ものの一分で、いい？　一分かそこらよ！　ほんの少しノートパソコンの側面で叩いて、ところであの喋るパソコンはなんなの？　高度なＡＩサポート機能？　不平不満を口にするサポート機能なんて聞いたことないけど。ともかく、少し叩いて調整して、それだけして私に返してきた。あとは私の顔をじっと見て、右手を取るとねじ曲げてきた。痛くて悲鳴を上げたわよ。ともかくそれでおしまい。彼女は銃をかまえてみろっていうの」

アリシアは銃をかまえると、いまにも引き金を引きそうな形相でまくし立てる。

「銃の精度が見違えるように変わっていた。そしてトリガーを引く指が楽になり安定した！　丸二年厳しい訓練を積んだってここまで仕上げるのは無理！　なのに一分、一分よ！」

アリシアは髪をかきむしりそうな勢いで取り乱していた。

「じつは腕のいい職人なんだよ」

「腕のいい職人は僻地でふてくされている軍人達を瞬く間に精鋭に変えたりできない。まだ遺産技術でドーピングして軍人を強化しましたってほうが納得できる！　私はいままでいろんな才能ある人も見てきたし、遺産技術も見てきたから峰島勇次郎がどんな天才かもわかってるつもり。でもあの娘はぜんぜん違う！　とんでもない技術力とかそういうのじゃない！　すべてが別次元すぎて自分は下等生物になったんじゃないかって思えてくる」

八代は解るよと言いたげに何度もうなずいた。由宇の優秀さは能力のある人間の劣等感を常に刺激してしまう。八代にとっては見慣れた光景であることも手伝って、

「まあ気落ちしないで」

となれなれしく肩を叩いた。

「ところで運転手、あなたのあの技。ほら、なんて言ったかしら？　グラキエスを退けることができるすごいやつ」

てっきりはねのけられると思っていた手をアリシアが優しく握り返してくる。

「雷鳴……、なんとかかんとかだね。名前はわけあって言っちゃいけないんだ」

雷鳴動は八代家の秘技だ。うっかり外部に漏らしたら肉親に殺されかねない。

「そう。習得するのも大変だったでしょうね」

「そりゃあもう。血のにじむような努力が必要だったよ」

「大変だったのね」

アリシアはにっこり微笑みながら、握った八代の手のひらにプラスチックの小さな塊を置いた。塊には引っ張るための紐がついている。

「はい、あの娘が発明した誰でもグラキエスを追い払える音波発生装置。なんとびっくり、あなたが血のにじむような努力をして習得した技と同じ効果！」

「は？」

「ちなみにアメリカではスーパーに3ドルで売ってる代物よ」

八代はしばらく呆然と手のひらの防犯ブザーを見つめていた。

「ま、まあ僕の雷鳴動より効果があるって決まったわけじゃないし……」

「技の名前、言っちゃってるわよ」

上っ面の平静はあっさりと見抜かれた。

「でも八陣家も大変ね。門外不出の技や掟があって」

「ななな、なんのことかな？」

動揺に動揺が重なって、そのうろたえぶりは哀れにさえ思えてくる。

アリシアはマモンに含みのある視線を向けた。

「あなた、七つの大罪のマモンね。そして六道家の六道舞風。真目家の関係者。フォーツーポイントでの戦いを見ていたわ」

「なに、何か文句あるの？　とっくに捨てた家だよ」

マモンの返事には棘があった。

「別に他意はないわ。ちょっと確認したかっただけ」

マモンはそれでも警戒の姿勢を崩さない。

「そしてあなたは八代一。同じく真目家の関係者」

「実家からは勘当されてるけどね。っていまさら改めて確認することかな。……何かあった？」

八代はもうあきらめた様子で平静を取り戻した。そしてアリシアの様子がおかしいことに気づく。

「……クレールが死んだわ。真目不坐が介入してきたせいでね。だから真目家に関わりのある人を見るとついね、何か身構えちゃうのよ。ごめんなさい」

そう言って笑うアリシアの表情はいつもより曇っている。

「クレールって誰？」

「真目家の女の子だよ。まだ十二歳だった。ちょっと特殊な子だったけど、死ぬには若すぎる」

「そうね。いい子だった、と言えるかどうかわからないけど……。せっかく母親とも会えて、これからだったはずなのに……」

「はん、真目家なんてそんなものでしょ。僕が才火と競べられて落伍者の烙印押されたのなんて、十歳のときだよ」

しんみりするアリシアと八代とは対照的に吐き捨てるようにマモンが言う。

「あなただって小さいときからミネルヴァにかかわってたよね、ダブルエースさん。チアガールに憧れた無邪気な子供時代なんてあったの？」

ダブルエースと名指しされ、アリシアの片眉がわずかに上がる。

「そんなに驚くこと？　あなたが隠してることを僕が知ってたらおかしい？　ミネルヴァと七つの大罪は同業者だろ。あれ？　商売敵かな。ま、どっちでもいいけど。真目家の子供が不坐のせいで一人死んだからって何？　こんな商売してるあなたから僕が六道ってだけで身構えられるほどのこと？　ああ、やだやだ、大人って。子供はみんな無垢で純粋で愛すべきものだとか言うんだ。真目家の子なら、どうせその子だって人殺しだろ！」

「ストップ、舞風君。君の言ってることもわかるけど、でも言い方ってものがあるだろう」

「出会いがしらに人の出自に土足で踏み込んできたのはそっちだ。僕じゃない。ましてミネルヴァの人間がただの善意で真目家の人間とかかわるもんか。思惑があったに決まってる。それを残念だとか可哀想だとか、ごまかしてさ！」

　触れられたくない六道の名前をいきなり出されたことがよほど気に障ったのか、マモンが饒舌になる。その様子は八代に、劣等感から自分を敵視していた頃のエキセントリックな姿を思い出させた。

　しかしマモンの言うことにも一理ある。アリシアがなんの思惑もなくこの地に闘真とクレールを連れてくるわけがない。そこに真目不坐がからんできたとなったら、身構えたくなるのはこちらも同じだ。

　八代も言葉を探しあぐねていると、意外にもアリシアが折れた。

「そうね。私が悪かったわ。ごめんなさい。あなたが言う通り、おためごかしはやめるわ。私も私の目的があってここに来たの。はっきり言えば私欲のために真目家の一員と手を組んで利用しようとしていた。それも認める。でも、グラキエスの出現はまったく想定外よ。グラキエスは遺産の一種だと思うけど、今回の私の目的に峰島勇次郎の遺産はまったく関係なかった。これは本当」

「はん、信じろっていうの？　そんな舌先三寸を？」

「ストップストップ、二人とも内輪で争うのはやめよう。いまの敵は人間じゃなくてグラキエス。グラキエス事件は、遺産が引き起こしたパンデミックだよ。僕はＡＤＥＭの人間だ。もちろん目的は遺産犯罪撲滅。生まれもなにも関係ない。僕は自分の意思でＡＤＥＭにいる。いまこの地には共通の敵がいるんじゃないかな？」

八代は後ろの巨大なグラキエスの残骸を指さし言う。

「ふん。僕はＡＤＥＭに連れてこられただけだけどね」

マモンは不機嫌そうにそっぽを向いてしまったが、アリシアは逆に何か考え込んでいる様子だった。

「遺産事件、そうね。これは遺産事件なんだけど……。真目不坐はなぜあんなことを命じたのかしら」

アリシアがことの顚末を簡単に話している最中もマモンはそっぽを向いたままだ。

「遺産技術保持者を殺せって、命令が曖昧すぎない？　いえ曖昧にするのが目的だった？」

不坐はスヴェトラーナと接触するためにクレールや闘真を泳がせていた節がある。ならば本当の標的はスヴェトラーナだった。しかしクレールに母親を殺せと言うのは直接的すぎて拒否される可能性があった。だから遺産保持者と間接的な殺害命令を下したのではないか。

この推論は当たっている気がする。問題はなぜ不坐はスヴェトラーナを殺害しようとしたのか。

「なにブツブツ言ってんの。ワンミニットさん」

「ワンミニットって誰の事?」

「この優男が3ドルブザーなら、あなたはワンミニット」

「ちょ、ちょっと二人とも」

アリシアとマモンが言い合いを始めたのを、八代が止めようとし、あっさり無視される。その三人をたまたま通りかかって見つけたのはあきらだった。

「八代っち、まさか……」

慌てて駆け寄ると、八代に耳打ちをする。

「もしかして修羅場なの？　二股はいけない。絶対駄目。わかった？　それにしても守備範囲広すぎない？」

「君が何もわかってないのがわかった」

「はいこれ」

あきらは資料の紙の束を八代に渡した。

「これ読めって？」

「違う違う。雑誌の代わり。腹に巻いときなさい。いつ包丁で刺されてもいいように。一回痛い目にあったほうがいいと思うけど、死なれちゃさすがにあたしも寝覚めが悪いから」

「これ機密書類に見えるんだけど」

「包丁がシュレッダー代わりになってくれるって」

「刺されるの前提なんだ」

あきらがよく言えば前向きで悪く言えば脳天気な性格なのは理解していたが、それを差し引いても表情が明るく見えた。

周囲を見る。基地を復旧させる作業が急ピッチに進んでいた。瓦礫の撤去、兵器や重火器の整備が行われ、何台もの戦闘車両が基地の外へ向かう。グラキエスが進軍してくる方角だ。

「それで撤退する準備は間に合いそうなの？」

グラキエスを少しでも長く基地の外に押しとどめ、その間に撤退する作戦。八代の目にはそのように映っていた。それでも全員が避難するのは無理だろう。人を輸送できる航空機や車両の数が圧倒的に足りない。

――民間人は一番後回しにされかねない。なんとかしないと。

一緒に逃げてきたロシアの人々のことを考えると、暗澹たる気持ちになる。ここまで必死に逃げてきたのに、まさかロシア軍に見捨てられるとは思ってもいなかっただろう。

八代の問いにあきらは目を大きく見開いて言った。

「撤退？　なに言ってるの？」

「なにって、ここには避難民もいる。負傷した兵士も大勢。基地は半壊。グラキエスは掃いて捨てるほどうじゃうじゃ来ている。見たところ、人の輸送手段が乏しいようだけど」

「そうだね。こちらに向かっているグラキエスの数は推定二千五百万」

「え？　二千五百万？　二千五百じゃなくて？」

聞き間違いであって欲しい八代の願いとは裏腹に、

「その二千五百万を迎え撃つ！」

あきらは自信満々に握りこぶしを突き出した。

「は？　迎え撃つ？」

自信たっぷりの笑顔が逆に怖い。

「大丈夫だって！　必勝の策があるんだから！」

「そんな方法があるの？」

「ざっくり説明すると、ロシア軍とＬＣ部隊でグラキエスを防いでいる間に、基地のまわりに塹壕を掘るって作戦」

「え、塹壕？」

芽生えた希望があっというまにしぼんだ。

「塹壕知らないの？　防衛用の堀だよ。兵士が隠れながらガガガガって銃を撃ったり撃たれたりするところだよ」

「さすがに塹壕くらいわかってるよ。あきら君は僕をなんだと思ってるの？　じゃなくて塹壕でグラキエスを防ぐ？」

「そっ！　外人部隊にいたころにやったなあ。塹壕掘りって地味にきついんだよね」

らちがあかないのであきらから渡された機密書類に目を通す。

「なんだこれ……」

別の意味で正気を疑う作戦内容が記述してあった。

「長さ10キロ。深さ1キロメートルの塹壕で基地を取り囲む？　これはもう塹壕って言わないよ！　ほとんどグランドキャニオンじゃないか！」

そんなものを短時間で作れるはずがない。荒唐無稽すぎて絵空事にしか感じない。正気ならばこんな作戦など考えない。しかし一人だけ、理知的な知性を持ち、この突拍子もない作戦を思いつく人物に心当たりがあった。

「まさか、彼女の立案？」

あきらは笑顔で親指を立てた。

――由宇君が立てた計画……。

その事実だけで希望の光が見えた気がした。頭がおかしいとしか思えないキロメートル単位の巨大な塹壕──と言っていいか疑問だが、この塹壕作戦も現実味を帯びてくる。

「いや、でも……」

いくらなんでも時間がなさすぎる。そんな都合のいい遺産技術があってそれを持ってきたのだろうか。しかし作戦の書類をざっと見ただけでは、そんな記述はどこにもない。

それ以外にも気になる点があった。使用される遺産の数はそれでも多い。いくつかは以前の条約だと使用の難しいものだった。なにより計画立案しているのが峰島由宇ということは、これらの遺産使用を決めたのは彼女ということになる。遺産技術の多用を避けていた彼女にどのような心境の変化があったのだろう。

──そうか。なにか吹っ切れたのかな。

NCT研究所の地下で初めて由宇に会ったのはもう五年も前だ。そのとき八代は由宇の力になれなかった。そのときの後悔はいまなお心に残っている。

だから由宇が素直に一歩前に踏み出したのだとしたら、素直に喜ばしかった。

「なにニヤニヤしてるの？　気持ち悪いよ」

マモンが機嫌悪そうに、八代の足を蹴飛ばした。

7

「ところで肝心の由宇君はどこにいるの？」

八代の疑問を聞いていたかのようなタイミングで建物の中から由宇が姿を現した。強烈なライトが背後から彼女を照らし、光の輪郭を作る。

「うわっ、なにあのヒーローみたいな登場の仕方」

「真治さんが視覚的効果も必要だって用意した」

「伊達さんが？　なんのために？　それにあんな目立つこと、嫌がったんじゃないの？」

この中でいつもの伊達と由宇を一番よく知っている八代はいぶかしむ。しかし理由はすぐに解った。

由宇が姿を現した途端、大勢の兵士が声援を送り拍手をする。口笛を吹き、駆け寄って握手を求める姿まであった。

「え、何が起こってるの？」

「見ればわかるでしょう。この基地ではあの子はもう英雄よ。誰も彼も彼女の魔法の言葉を待っている。本当にもう、魔法としかいいようがないわ。進んだ科学技術は魔法にしか見えないって言葉があるけど、あの子の言葉や行動はまさしく魔法そのもの。アメコミや映画の中にしかいないスーパーヒーローってわけ」

　アリシアもはやし立てるように口笛を吹いた。

　あきらはこの状況を伊達が用意したと言ったが、発案者は真目麻耶だろうと八代は思った。彼女は由宇を自由にしたいと言っていた。これはきっとその計画の一部に違いない。

　近づいてきた由宇は彼女らしからぬ戸惑った様子を見せていた。周囲から向けられる好意に、どのように対処をしていいのか解っていなかった。

「なぜ行く先々で拍手される？　ロシアにそんな風習があるという文献は読んだことがない。やはり知識は経験をともなわないと駄目ということか」

　アリシアは両肩をすくめてみせる。

「いまいち本人にその自覚がないのは玉にきずなんだけど。完全無欠のヒーローってのも面白みに欠けるから、これはこれでいいのかもね」

　アリシアは由宇に近づき、軽く手を上げる。

「ねえ、そこのあなた。さっき話したときは名前を聞きそびれたんだけど……」

「峰島由宇だ」

　由宇はあっさりと名乗る。面食らったアリシアはしばし絶句した。

「峰島由宇って、峰島勇次郎の娘の？」

「ちょ、ちょっと待って。いまのなし！　ちょっとこの子は虚言癖があるから」

「3ドルブザーはちょっと黙ってて。そう、やっぱりそうなのね」

ただ自称であり、アリシアも推論でしかたどり着いていない。どこにも確証と呼べるものはなかった。しかしすべての歯車がかみ合ったかのように納得ができた。

由宇は滑走路のほうにスタスタと歩いて行く。アリシアは慌てて追いかけた。

「質問は後にしてくれ。いまは時間がない」

「じゃあどうして私に正体を明かしたの？」

「協力を仰ぎたい。ならば私の正体を隠してはまどろっこしい。それにどうせ推論で正解にたどり着いていただろう」

端的で無駄がなく理知的だ。取引相手として悪くない。

由宇は滑走路の端に足を止めると、空を見上げた。つられるようにアリシアも八代も空を見上げる。

「ところで何をしているんだい？」

「次の荷物が届く」

「荷物？」

「あれだ」

東の空に広がる雲の中で何かが光った。それは見る間に大きくなり飛行物体が接近しているのだと解る。

「戦闘機、にしちゃ速すぎる」

いつのまにか滑走路にネットが何重にも設置されていた。

飛行物体がさらに接近するとようやく航空機らしいシルエットが視認できる。滑走路に着陸態勢に入っているのも明らかだった。


その飛行物体はマッハ10の超音速で飛来してきた。空気を切り裂き雲を突き抜け一秒に三キロ以上の距離を進み、一直線に目的地に向かう。

飛行物体の正体はＶＴＯＬ機で、その軌道がそのまま基地の滑走路を目指していると気づいた人々は驚いて伏せるか逃げ回った。

その中で一人、滑走路の中央に立っている人間がいた。峰島由宇（みねしまゆう）だ。彼女は飛来するＶＴＯＬ機をじっと凝視していた。

ＶＴＯＬ機は着陸寸前、急制動がかかり分解した。中から黒い箱が三つ現れて、マッハを超える速度で滑走路に落下していく。それぞれの黒い箱からパラシュートが開き、音速にブレーキがかかる。それでもなお音速を超えた三つの箱は、滑走路に墜落しそのまま転がると、何重にも張られていたネットを何枚も突き破った。四枚目のネットを突き破り、滑走路の上をすべる三つの黒い箱は、滑走路の途中に立っている片手にノートパソコンを持った小柄な少女の足の裏で受け止められて完全に停止した。

『時間通りだな。しかしそれほどギリギリの場所に立つ意味はあるのか？』

ノートパソコン——風間の声にはやや非難の色が含まれている。

「すべて計画通りという側面をロシア兵に見せる必要がある。異常な事態に対抗するには、異常な行動しかない」

滑走路から離れていた八代やロシア兵が、おそるおそる由宇に近づく。

「なんかすごく、はた迷惑いや、無茶苦茶な輸送方法だったけど……」

「風間もおまえも小言が多いな。時間は一秒でも惜しい状況なんだ。最速手段を選ぶのは当然だろう。荷物は無事に届いたぞ。呆けている時間が許されるほど、私達に時間は残されていない」

よく通る声が滑走路に響き渡ると、兵士達は雷に打たれたように己のやるべきことを思い出し、各自の持ち場に戻った。

車両や航空機が使えるように瓦礫を撤去し、武器の装備、整備がテキパキと行われる。

マモンは興味深そうに黒い箱をのぞき見た。それだけ急いで運ばなければならない荷物の中身が気になっている。

「こんな方法で運んで、中のモノは頑丈なの？」

「損傷率、一割といったところか。マッハ10の超音速無人ＶＴＯＬ機。フリーダムから荷物を届けるのはこれが一番早い。作戦の要となるモノを優先的に届けさせている」

ようやく落ち着いた八代(やしろ)は箱を持ち上げようとしたが、微動だにせずよろけてしまった。

「うっわ、なさけなっ！」

その様子をマモンが手を叩(たた)いて面白がる。

「いや無理だから。これいったい何キロあるんだよ？」

「コンテナ一つあたり２４０キロ超。コンテナの中には60キロ超のケースが四つ入っている。そのための人材も呼んである」

腕自慢で現れたのは巨漢の二人だ。

「力仕事なら任せてくれよ」

リバースは腕を振り回し、顔を真っ赤にして持ち上げると、そばにあったカートに乗せた。

「うお、重い上に熱いぞ」

「摩擦熱だ。死ぬほどじゃない」

由宇(ゆう)は容赦なく運べという。

「これ運ぶの使命」

もう一人の巨漢、萌(もえ)は両手に一つずつ鉄の塊を持ち上げた。その膂力(りょりょく)に腕っ節には自信のあったリバースが目を見開く。

「あんた、すげえな」

三つのコンテナ、計720キロ超、軽自動車並みの重量が積載されカートは今にも潰れそうだ。八代はカートを押そうと試みて、一声うなるだけでやめた。一ミリも動いていない。

「あきらめるの早くない？」

「時間が惜しいんだ。僕より適任がいるなら潔く任せるさ」

「うわあかっこわるう。……で中に何が入ってるの？」

由宇が箱を開けると黒い霧が立ち上った。

「うわっ！」

興味深くのぞき込んでいたマモンが尻餅をつく。

霧は四方に薄れながら広がり、やがて完全に見えなくなった。

「なんだよ、脅かしやがって」

マモンは目の前の空間を拳を振ってつかんだ。指先で羽虫のようなものをつまんでいた。

「これってミツバチ？」

小さな球体に四枚の羽根がついた羽虫のようなロボットは、環境の調査や維持に使われるEランクの遺産技術だ。

「どうしてこんなものを使うの？　こんなところで受粉や採取やるつもり？」

ミツバチはその名の通り、管理された環境下で植物の受粉を行ったり、樹液の採取や検査を行う。かつてスフィアラボでも使われていたオープンな遺産技術だ。

「数が必要だった。地上に二十万、地下には三十万。それだけの数をADEMは持ち合わせていない。公開されて民間で生産されている遺産技術が好都合だった」

それだけの数のミツバチをいったい何に使用するのか。

「グラキエスの生息域は通信障害が起こる。その対策だ。地上二十万のミツバチは基地周辺の半径20キロ圏内に、安定した通信の中継網を構築する」

周囲をよく見てもミツバチがいるかどうかほとんど解らなかった。

『ミツバチの分布が不均一のところがある。電波障害が強くなれば輻輳を起こす可能性があるぞ』

突然風間が口をはさんできたので、その場にいた皆が戸惑う。

「シベリアの強風下では完璧な動作は見込めないか」

『しかし動作スペックは満たしている。地下では想定通りの結果を出すだろう』

「フリーダムと日本が通信可能になるまで、あとどれくらいかかる？」

『上空にミツバチの通信網を広げれば、グラキエスの妨害の範囲外だ。あと三分待て』

「通信が可能になったら、日本とフリーダムにつなげ。今後の作戦会議をしたい」

「会議はいいけど、ここはちょっと会議に向いてないんじゃないかな？」

八代が周囲を見渡す。由宇達はいまだ滑走路上にいて、多くのロシア兵の関心を引いている状態だ。

通信回線が開くまでの時間、由宇は場所を建物の一室に移動した。由宇と一緒に八代とマモン、さらにアリシアとリバースもいる。あきら達は作戦行動の所定位置に向かっていった。

主要メンバーが集まったところで通信網が確立したことを風間が告げた。

『無事に繋がったか』

伊達の声がした。続いて福田の声が入る。

『フリーダムはあと三十分で到着します。予定より遅れて申し訳ありません』

フリーダムとの通信も繋がった。

「岸田博士のことは申し訳ありませんでした」

八代は深々と頭を下げた。

『弁明はあとで受ける。いまは目の前の問題に集中しろ』

八代はかすれた声ではいとだけ答える。気楽な口調で生きてるよと背中を叩くマモンに、曖昧な笑みを返すのが精一杯だった。

「話を始める前に一つ尋ねたい。なぜ私に作戦の指揮を任せた？」

『俺がおまえのどこが一番信用できなかったか解るか？　遺産技術の使用の制限を自らに課していたからだ。本気を出さない人間を俺は信用しない。それともう一つ、この作戦は精密機械のような行動を要求される。おまえ以外に誰がそんなことをできる』

由宇は不機嫌な顔をしたがそれも数秒のことだ。

『風間、ブレインプロテクトの解除コードだ』

『わかった。EZ7GG9RRQM864……』

風間が二十桁以上の英数字を口にすると、ほとんどの人間が一瞬、頭痛を覚えて頭を抱えた。

『解除コードだと？　なんだこの頭痛は？』

「ここにいるほとんどの人間はブレインプロテクトで機密事項の発言に不自由が生じる。そんな状況で一秒を争う作戦会議ができると思うか？」

『解除コードがあるなんて知らなかったぞ！』

「当然だろう。教えていないのだから。もう一つ言い忘れていたが、ここにはアルファベット……元か？　のメンバーもいる。アリシアとリバースだ。彼らの戦力も必要だ」

通信機越しに伊達の深いため息が聞こえてきた。本気を出さない人間は信用しないと言ったばかりだが峰島由宇の本気は底が知れなさすぎる。

「文句は帰ったらいくらでも聞いてやる。いまは今後の作戦会議だ」

「基地のまわりに大きな塹壕を作る作戦のことだよね？　根本的な疑問なんだけど、本当に可能なのかい？」

八代の問いにあっさりと首を縦に振る由宇。

「VTOL機のアビオニクスをバージョンアップする。自動操縦のAI、慣性航法、通信システム、いたるところに手を入れた。グラキエス相手に以前より最適な行動を行うはずだ。ただしＶＴＯＬ機のメンテナンスや兵装の整備はフリーダム内でやってもらうことになる。万が一のミスも許されない」

『入念にチェックを行っています』

福田の声は緊張していた。続いて蓮杖がいることや真目家から怜が同乗していることも伝える。

「福田さん元気？　僕もいるよ。福田さんもＡＤＥＭの悪辣な書類にサインさせられたの？　狭苦しいフリーダムが懐かしいよ。ここは寒すぎてさ」

マモンが海星にいたとき、福田は直接会話をしたことがある数少ない人物だった。

『いまは重要な打ち合わせ中です。生き残らなければ狭いも寒いもありません』

そっけなく答える福田にマモンは不満そうにしたが、

『つもる話はすべて終えたらいたしましょう』

その一言で笑顔になった。

「次にロシア軍」

由宇は淡々と話を進めていく。

『全部隊、通信状態良好』

百以上の通信が発生するロシア軍は風間を介した管理によって円滑に行えた。

『こちらＬＣ部隊隊長環あきら。所定位置にて待機中、準備は万全、あとは号令を待つだけです』

あきらの声音はいつも明るい。いまのように真面目な報告をしているときでさえ、どこか状況を楽しんでいるかのようだ。

そんな中、アリシアは一つ気になることがあった。隣に立っている八代の表情が徐々に曇っていくことだ。

「運転手、どうしたの？」

「……伊達司令、僕は峰島由宇に一任するのは反対です」

話しかけられたことで踏ん切りがついたのか、八代は強い口調で言った。

『八代っちは見てないからわからないかもしれないけど、全軍を同時に完璧に動かしてたよ。ゲーム大会に出れば圧倒的勝利で優勝間違いなし』

「逆だよ。完璧だからこそ僕は反対なんだ」

『どういうこと？』

八代は横にいる由宇を見て答える。

「グラキエス相手にどんなに完璧に軍を運用したところで、絶対に犠牲は出る。どこかで何かを切り捨てなくちゃいけないときがくる。チェスや将棋で一つの駒も犠牲にしないで勝つなんてできない。いや、駒じゃない、人間の兵士を犠牲にする瞬間が絶対にある。個を犠牲にして有利に進めるチェスでいうところのギャンビットが発生することだってある。人の生死すべてを彼女が背負うことになる。だから僕は反対です」

「私は！」

異を唱えようとする由宇を手で制す。

「悪いね。こればかりは譲れないよ。君のためじゃない。自分の命令で誰かが死んで平静でいられるかい？　無理だよ。平静を失うに決まってる。判断に狂いが生じる。それはほんのわずかかもしれないけど、わずかに生じた狂いはさらに大きな狂いにつながり、やがては取り返しのつかないことになる。そして君が駄目になったら作戦は根元から崩れてしまう。危うい、いや失敗すると解っている作戦を僕は承諾できない。犠牲は多くとも、作戦が継続できる可能性の残っているほうを選びたい」

『八代、おまえの言い分はわかった。ではどうする？』

「すみません。開始直前に口を出してしまい。通常なら僕が陣頭指揮、蓮杖と環の二名に補佐としてついてもらうのですが、状況を把握していないので指揮系統から僕を外してください。蓮杖を陣頭指揮、環と越塚を補佐にするのがベストかと」

「犠牲の多い手段を承認できるか。だいたいギャンビットは序盤で行う戦術だ。八代、おまえの指摘は不適切だ」

由宇は珍しく感情的にくってかかった。

あきらは内心、最初しぶっていたではないかと由宇に言いたかったが、人間離れした指揮を見たあとだけに、とても人間らしい反応は安堵と微笑ましさを感じる。

「ギャンビットはあくまでたとえだから。確かに犠牲は多く出るだろうね。全滅の可能性だってある。でもアドバンスＬＣ部隊のメンバーは、自分の指示で死者が出ても取り乱さない。作戦を最後まで遂行できる。生死を背負う覚悟には大きな差があるんだ」

「生死ならもう十年前に背負っている」

顔を背けた声はか細かった。

「背負っても変わらない判断力が必要になる。歯を食いしばるだけじゃ駄目なんだよ。君は五年前、遺産で危険になったネズミさえ殺せなかったじゃないか。あの時ネズミを撃ったのは誰だい？」

「あの時のことをここで持ち出すのか？　卑怯だぞ！」

「卑怯者でけっこう。これが僕の仕事だよ」

由宇と八代がしばしばにらみ合う。

『はい、はーい。いま決めました。ＬＣ部隊は遊軍となります。あたしの気分と判断でＬＣ部隊を動かします』

「気分で動かされては困るなあ」

あきらが場の空気を変えようとして言ったのは解っていた。

「そういうことなら私も自由にさせてもらうわ。細かく指示されるのなんて性に合わないもの」

アリシアがあきらに続いた。

『伊達司令、提案があります』

それまで黙って聞いていた蓮杖が発言する。

『彼女にはやはり指揮系統をやってもらいます。ただし前半だけです』

『ふむ、それで？』

伊達が次を促した。

『その間、私が彼女のやり方を学習し模倣します。この作戦で犠牲が出るのは終盤です。そこは私が担いましょう』

「え、でもいくら隊長でも、あんな曲芸じみた指揮、模倣できます？」

あきらは素直に疑問をぶつける。

『俺にはコーザリティゴーグルがある』

コーザリティゴーグルを使うというのは悪くない着想だった。由宇の分析能力を技術化した遺産と言える代物だからだ。

因果律の名を冠するゴーグルは空気や熱の流動などあらゆる要因を計測し、そこから過去の出来事を導き出す過去視と呼ばれる機能がある。しかしロストランクというランク付けなしの不良品の烙印を押されていた。過去の予測が多岐にわたりすぎていて、使い物にならないのである。

それを実用レベルにもっていけるのは蓮杖の経験則があってこそだった。

「過去視では私の模倣はできないぞ」

『未来視の機能を使う』

コーザリティゴーグルのもう一つの機能、計測データからこの先起こることを予測する未来視の話を持ち出す。しかしそちらは過去視以上に使い物にならない代物だった。計測データから一秒先の未来を予測する計算に十秒近くかかる。まったくの役立たずだ。

『状況をグラキエス戦に絞ることにより、余分な情報をはぶく。グラキエスの行動原理はシンプルだ。兵士も指示以外の行動はしないという前提で行う。ここまで限定すれば五秒先の未来くらいは割り出せるはずだ』

由宇は数秒の思案ののち、納得したのかうなずいた。

「私のやり方がどれだけ参考になるか解らないが、後半の指揮は任せよう。ただし初期の布陣、役割の分担は私に任せてもらいたい」

『いい落としどころだな。八代、よく指摘してくれた。皆、その手順で作戦を遂行してくれ』

伊達が最終的な決定を下し、由宇は作戦の説明を再開した。

「憎まれ役ご苦労様」

「なんのことかな？」

アリシアが小声で話しかけると、八代はおどけたように肩をすくめた。

8

作戦の打ち合わせは最終的な詰めに入った。

「そしてこの作戦の要である地下空洞の構造調査、および行方不明になった岸田博士の捜索だ。作戦上必要不可欠な地下空洞の調査が岸田博士の探索に結びつくため、ほとんどリソースを割かずにできるというメリットがある」

だから捜索をしても問題はないと言外に匂わせていた。

「地下空洞の調査は少数で行う。理由は二つ、一つは地下のグラキエスは地上のグラキエスに比べると性質はおとなしいため、戦力を割く必要が薄い。地下グラキエスは身体を構成する珪素の補充に地下の鉱物を利用している。有機物生物で言えば草食生物に近い立場だろう」

「その理屈だと地上のグラキエスは他のグラキエスを狩り珪素を補充する肉食生物ということになるけど、その推測って正しい？　僕と岸田博士は地下でグラキエスに襲われたよ」

異を唱えたのは八代だ。地下空洞に行ったときのことを思い出すと必ずしも由宇の推測は正しいとは言えないのではないか。答えは単純明快だった。

「イワン・イヴァノフと一緒だったのだろう。ならば警戒を呼びかける音波を使ったと推測する。それに草食動物がおとなしいとは限らない。カバなどがいい例だ」

「やっぱり危険なんじゃん……」

マモンが小さくつっこむ。

「地上のグラキエスに比べれば安全というだけの話だ。だから大人数で向かえば警戒心を高め、いらない争いを生む可能性がある。これが二つ目の理由だ。したがって少数なおかつ万が一のために戦える人間でなくてはならない。構造調査は私がいなければ不可能だ。他に数名、いざというときグラキエスに対抗できる、そして見つけた岸田博士を助けにいける人材が欲しい」

「これはもう迷うまでもないでしょう」

八代が手を上げる。

「岸田博士を守れなかった。このままでは引き下がれないよ。それに僕にはグラキエスを退ける手段があるからね」

「3ドルブザー」

アリシアが意地悪く笑う。八代は聞こえないふりをして無視を決め込んだ。

「私の地下での作業は解析に指揮にと忙しい。あと一人は、グラキエスに対抗できる戦力になる人間が必要だ。大きな戦力を持ちつつも指揮系統に組み込みにくく、扱いに困る人間がちょうどいい」

そう言って由宇は八代の陰に隠れているマモンを指差した。

「いーやーだー！」

歯医者に連れて行かれるのを嫌がる子供のように暴れるマモンを、由宇は無遠慮にずるずると引きずっていった。

「なんで僕なんだよ！　もっと適任者がいるでしょ！」

「グラキエスとの戦闘経験があり、なおかつ部隊にいなくてはならない人物ではないこと。簡単に言えば暇人だ。その条件を満たすのは君しかいない」

「だからその言い方！」

マモンは闇雲に暴れるが由宇は軽くいなして、巧みに目的地へと進む。うしろからついていく八代は、その手際の良さに感心していた。似たような状況でマモンを引きずらなければならないことがあるかもしれないと思い、由宇のいなし方をじっくりと観察する。

三人が向かうのは基地の地下に広がる巨大空洞だ。

グラキエスが巣くう地下空洞に向かう道は一つしかなかった。イワンが研究所として使っていた建物にあるエレベーターだ。

つい数日前、八代と岸田博士がイワンに連れられて降りたエレベーターだ。マモンもエレベーターから降りないまでも、ここから地下に降りる由宇を見送ったことがある。

そしていま地下に向かおうと足を建物の奥へと進めたが、意外なものが立ち塞がった。イワンが秘密裏に活動していた建物の地下に降りる階段は、ＬＣ部隊の手によって完全に塞がれていた。八代や岸田博士が乗ったエレベーターシャフトも同様だ。

「そういえばあきら君、グラキエスの侵入を防ぐために、速乾性のコンクリートで塞いだって言ってたね」

「なんだ。それじゃ地下に行けないじゃない。残念だな。やっとやる気になってたのに」

マモンの態度が見事なまでに一変する。

由宇は無言のまま、目の前のコンクリートの塊に、小型のスティックのような機械を押しつけた。そのままスイッチを入れると、完全に固まって見えた速乾性コンクリートは簡単に溶けて液体になり、あっというまに階下に流れて消えてしまった。

「え、いまのなに？　霧斬、じゃないよね？」

用事を思い出したと言って逃げ出そうとするマモンを素早く捕まえる由宇に、八代は問いかけた。

「そもそもこれを速乾性のコンクリートと思っているのが間違いだ。液体と固体の両方の特性を併せ持っている物質で、Ｅランクの遺産技術だ」

「粘土みたいなもの？　コロイドかなんか？」

もはや逃げることを観念して涙目になっているマモンは、少しでも気をまぎらわせようと問いかけた。あるいは隙をうかがっていた。

「惜しいな。しかしコロイドとは違う。コロイドは大雑把に説明すると液体し固体が混じったものだ。これは液体であり固体。両方の性質を併せ持っている。名称は……まだ考えてなかったな。流動特性固体とでも言うべきか」

由宇はたったいま押しつけた手の中の小さなスティックを振る。先端に電極のようなものがあり、見ようによってはスタンガンに見えなくもない。

「一方こちらのスティックは遺産技術でもなんでもない。一定の電圧のパターンを流す機能しかない。流動特性固体は電圧のパターンで固体と液体の性質を切り替える。そうだな。形状記憶合金のようなものだ」

「それにしても綺麗に流れていくね」

八代はくぼんだ場所以外、液体化した流動特性固体が完全に流れたことに気づいていた。

「粘度はアンモニアと同程度で水の十分の一しかない」

由宇は解説しながらエレベーターの中にマモンを放り投げて、自分も乗り込む。八代もあとに続いて中に入った。

「待って、僕は降りる！」

往生際悪く逃げようとしたマモンは、突然現れた荷物にぶつかって阻まれた。

「ここでいい？」

萌が先ほどミサイルで届いた遺産の箱をカートで運んできた。何十キロもあるケースが十個近く積まれて、重さ600キロを超える大荷物になっていた。マモンがぶつかった程度ではびくともしない。

マモンが腹を打ってもだえている間にエレベーターのドアは閉まり、由宇と八代とマモン、ミツバチの入った箱を乗せたエレベーターは下降を始めた。

「地下にはうじゃうじゃグラキエスがいるんだよ。もうやだ。なんか対策あるんだよね？」

「もちろん対策は用意してるが、成功するかどうかは神のみぞ知ると言ったところか」

「はは、またまた。由宇君らしくもない」

「神のみぞ知るって神様なんか信じてないくせに。ああもう、僕、なんか悪いことした？」

エレベーターシャフトのガラス越しに見える外の景色を見て、マモンは恨めしそうな声を出す。

暗闇の奥に目をこらすと、赤い光のようなものが見えるときがある。グラキエスの発光色だ。

「検証データが少ないのだからしかたない。相手は不明な部分も多いグラキエスだ。どのような反応を引き起こすか未知数の部分も多い」

まばらにしか見えなかった赤い光の数は、降りるにつれて増えていく。いつのまにか赤い光が見えないところはなくなり、やがて一面埋め尽くしかねない勢いで爆発的に増えていった。

「しかしどのような状況でも私達はやり遂げないとならない。作戦のためのデータを集め、岸田博士も見つける」

「ありがとう」

八代は神妙な顔で礼を言った。

「何がだ？」

「僕達に名誉挽回のチャンスを与えてくれて。何があっても絶対に守らなくちゃならなかったのに」

「礼を言われる筋合いはない。私も何もせず、ＮＣＴ研究所の地下に引きこもっていた」

「だよね。偉そうな態度とってるけど、肝心なときに引きこもってたじゃないか。バーカバーカ！　とんだとばっちりだよ！」

マモンがここぞとばかりに責め立てた。

「そう言われると立つ瀬がないな。私としてはＡＤＥＭの中で、あらゆる状況に対処できる人材としておまえを推挙したつもりだったのだが、重荷になってしまったか。すまなかった」

「ふん、ふんっ！　重荷になってるわけないだろ！　こんな任務お茶の子さいさいのへのかっぱ、泣きっ面に蜂なんだからね！　グラキエスがなんぼのもんだよ！」

「そうか。なら地下空洞の調査、任せても心配なさそうだな」

マモンは恨めしそうになっていたが、

「絶対吠え面かかせてやる！」

と指先を突きつけた。

「ところで由宇君、一つ聞きたいんだけど聞いていいかな？　デリケートな問題だから聞きにくいけど思い切って聞くね。闘真君と何があったの？　挨拶しなくていいの？　会ったとき無視してたって、アリシアからもあきら君からも聞いたんだけどケンカした？」

ためらってるようで全力で聞いてくる八代の姿勢に、マモンは若干引いていた。

「うわぁ……結局ずけずけ聞いてるし。でもとうまって誰？　どこかで聞いたことあるような……」

マモンは首をひねってすぐに思い出した。

「ああ、そうそう、思い出した！　こっちに来てからちょっとだけリーディングしたよね。そのとき闘真って人を次に会ったとき殺さなきゃって思い込んでた。うわあ、ぶっそう！　怖っ！　マジで怖っ！」

いままで平静に見えていた由宇だが、初めて気分を害した表情を見せた。

「事情がある。あいつの力は危険なものだ。世界を壊しかねない。なのにロシアで考えなしに使い続けて……」

このことについては話しかけるなと不機嫌な表情を隠しもせず、由宇は顔を背けた。

「とりあえず殺してみたらいいんじゃない？」

マモンはあっけらかんと言ってみせる。

「そいつ、おとなしく殺されるような相手じゃないんでしょ？　殺されるのはあなたのほうかもよ？」

由宇は目を見開いたまま、まじまじとマモンを見返していた。

「なにその鳩が豆鉄砲を食ったような顔は。とりあえず殺してみようよ。なんとかなるかもしれないよ。あっ、言っておくけどこれ経験談だからね。テキトー言ってるわけじゃないからね」

マモンは八代をぞんざいに指さし、

「僕が殺そうと思った相手」

とこれまたあっけらかんと言う。

「聞いてよ。ひどいんだよ。殺そうと思ったのにこいつに騙しうちで殺されかけて、今度こそ殺してやろうって思ったけどなかなか死んでくれなくて、結局また殺されかけた挙句に拉致監禁されて、二週間密室で、さんざんおもちゃにされてもてあそばれたんだけど」

「まって、最後のあたりものすごく語弊がある言い方……」

八代は慌てて弁明しようとするが、

「チェスの恨み、忘れてないから」

マモンの冷たい眼差しに黙らされてしまう。

「とにかくごちゃごちゃ考えすぎだよ。頭の中でウダウダやってるだけじゃ何も変わらないよ。

相手のあることなんだから、何もかもあなたの思い通りにはいかないんじゃないの？　なんとかなるよ。ほら、僕だって、殺し殺されを繰り返して、人権剝奪された上に、6000メートル上空から身一つでダイブさせられて……？　あれ？　なるようになってないっ！　もしかして騙されてるっ！」

ぎゃあぎゃあわめくマモンはやがて一つの結論に落ち着いた。

「やっぱり殺していいかな、こいつ」

『殺していいと思うぞ』

ずっと静観していた風間が絶妙のタイミングで口を挟んだ。

「待って、ちょっと落ち着こう？　風間さんもなんでサラっと同意してるの？」

ナイフ片手に迫るマモンから逃げるように後ずさりする八代の背後で、ちょうどいいタイミングで最下層にたどり着いたエレベーターのドアが開く。八代はそのままよろけてつまずいてひっくり返ってしまう。

そのあまりにも情けない八代の姿に、マモンのやる気はそがれてしまった。

9

「旧ツァーリ研究局に、荷物が無事届いたようです」

オペレーターの報告に、フリーダムの司令室にいる福田はほっとした表情をした。

「まずは第一段階突破、と言ったところでしょうか。しかしあんな無茶な運搬方法がよく成功するものだ」

感心と呆れを半々に織り交ぜて、嘆息する。

「あの少女と接していたら、このようなことは日常茶飯事ですよ」

隣にいた怜は柔らかく、どこか親しみを感じさせる笑い方をした。冷たい麗人の印象を抱いていた福田は、こういう笑い方もできるのかと半ば驚いていたが表に出すことはなかった。へたに指摘して、おそらく貴重に違いない怜の表情を引っ込めさせるのはもったいない。

「慣れるしかなさそうですね」

「私も何度か彼女の偉業を目の当たりにしましたが、慣れることはないですね。毎回驚かされます」

「なるほど……。では驚くことに慣れますか」

「それが賢明でしょう」

この共感こそが怜の表情を和らげたのだろう。

「さてと談笑している場合ではないですね。格納庫、艦載機の準備はできているか？」

後半はオペレーターに向けて投げかけた言葉だ。

「作業の78パーセント、三十七機に取り付け完了しています。作戦実行時間までに意地でも間に合わせるとのことです」

「頼むぞ。これがもう一つの作戦の要。在日米軍と近隣の国の米軍すべてからかき集めたバンカーバスター四十七発。不発は許されない」

「うちの整備士を信用してください。世界中のどこにいっても引けを取らない自信があります」

　フリーダムは長時間飛行する運営方法が求められているため、整備に関しては常に入念に行われていた。これは元海星(かいせい)が自負するスキルの一つだ。

「しかし、これだけ特殊な兵器を集めて積載することになるとは」

「出発時にはすでに作戦の概要を決めていたことになりますね」

　事前の情報は少なかったはずだ。わずかな手がかりの中、あの天才少女はどれだけシベリアの状況を読み対策したのだろう。

「黒川(くろかわ)さん、やっぱりあなたは凄(すご)かった」

　七つの大罪の力を借りたとはいえ、あの峰島由宇(みねしまゆう)に唯一黒星を点(つ)けた偉業はとても追いつけるものではないと思った。

「37号ＢＢ、準備完了しました」

「35号ＢＢ、搭載完了」

「38号ＢＢ、若干の遅れがでている。二分待ってくれ」

フリーダムの格納庫では、兵器の整備が急ピッチに行われていた。

「四十七発のバンカーバスターか」

バンカーバスターは落下エネルギーとブースターによって地表を貫通し、地下施設にまで到着して爆発する特殊な兵器だ。第二次世界大戦で初めて使用され、近代の戦争においても使われている兵器だ。

本来バンカーバスターは地下数十メートルまで貫通するのが関の山だったが、米軍が所持していたバンカーバスターは特殊仕様で、ロケットブースターにより数百メートルまで潜り爆発することができる代物になっていた。

「しかし在日米軍にまさかこんな特殊なバンカーバスターが数多くあるとは思いませんでしたよ。こんな特殊な爆弾、どこに向けて使うつもりだったのか。日本の近隣を見渡しても、使用の必要性を感じない」

首をかしげる福田に怜は皮肉というのがぴったりの笑みを浮かべる。

「一つあるではないですか。地下深くに攻撃をしかけたい場所が」

「ああ、そうでしたね……」

日本には地下１２００メートルにもっとも重要な施設があることを思い出した。

10

由宇(ゆう)は転んだ八代(やしろ)をまたいでエレベーターを出ると周囲を見渡した。

八代(やしろ)は一度見たことのある光景。マモンは初めての光景だ。どこまで広がっているか解(わか)らない暗闇の向こうで赤い光がうごめいている。

「何かじっとこちらの様子をうかがっているみたい……」

周囲の様子はほとんど解(わか)らない。エレベーターの明かりに照らされて、周辺がむき出しの岩だらけだと解(わか)るくらいだ。

「襲って、こないね？　何かやったの？」

「まだ何もしていないぞ。この周辺にグラキエスがあまり近づかないのは調査済みだ。とはいえ、いつ動き出すとも限らない。刺激するようなことはするな」

三人はエレベーターの中の箱を手分けして運び出し開けた。側面の蓋を上にスライドして開けると、小さな穴が規則正しく無数に並んでいた。

「ハニカム構造？　蜂の巣にそっくり。ほんとにミツバチだね」

箱の中から羽音がしたかと思うと、次々と指先ほどの大きさのものが穴から飛び出した。無数の小さな点の集合体は、まるで黒い霧のように頭上に広がった。

「ミツバチは本来は花粉や蜜の運搬や採取、植物の健康状態を調べるのを主とした小型ロボットだ。このミツバチは改良版。採取機能を取り払い、軽量化と速度向上、活動時間の延長を可能にした。膨大な地下空間を調べるのに活用する」

十二個の箱から次々とミツバチが飛び出す。外見は黒いのでハチというよりも黒い霧だ。

「重さは4グラム。十円玉とさほど変わらないが、一箱に一万五千体格納されている」

一箱の重さは60キロを超える。マモンが気軽に持ち上げようとしても動かないはずだった。

「一万五千かける十二箱で十八万体！　そんなに大量のミツバチをいったいどうするの？」

「短時間で調べるには物量作戦しかないだろう」

ミツバチはそのまま広がって地下空洞の四方に飛び去ってしまった。

「調べるって何を？」

八代（やしろ）の疑問に由宇（ゆう）は黙ってＬＡＦＩサードのモニターを指さす。地下空洞の３Ｄマップの地形が次々と広がっていった。

「超音波の反響音をＬＡＦＩで解析して地形データに落とし込んでいる」

「反響定位（エコーロケーション）って言ってくれれば通じるよ。あなたの記憶は読み取ったんだから」

「ミツバチに驚いていたから、これも忘れている可能性が高いと判断しただけだ」

「なにそれ？　嫌味？　嫌味なの？　嫌味だよね？」

モニター上では地下空洞の構造が刻一刻と増えていく。ミツバチが周囲に広がりながら地形データを送ってきた。

「どれくらいの範囲を調べるの？」

「ミツバチの平均時速は24キロメートル。数が多いとはいえ調査範囲は限られている。基地の周辺5キロメートルを調査するのが精一杯だろう」

由宇は状況を見て調整しているのか、LAFIサードを使ってミツバチに何か命令を送っていた。後ろから見守っていた二人だが、マモンのほうがすぐに飽きて周囲を見渡した。

「前来たときも思ったんだけど、基地の地下にこんなエレベーターを誰にも知られずによく作ったね。こっそり作ったにしても、みんな気づかなすぎじゃない？」

「こっそりではない。正式に作られたものだ。ここは本来は地下廃棄施設になるはずだった」

「廃棄ってなんの？　あ、いいや。なんとなく察しちゃった。放射性物質とかだよね」

マモンは怖々と周囲を見た。

「そうそう。そうだったね。シベリアの中央にそんなものを作ろうとしたのが露見して、国内外からの非難を受けて廃棄施設は中止になったんだよ。そういう意味ではこっそり作ろうとしたんだけど、ばれないどころか公にされて、大バッシング。いやあ、隠し事はするものじゃないね。だからそんなにおびえなくても大丈夫だよ」

八代が由宇の説明を補足した。

「地下でやることは三つある。一つは地下構造の調査。いまシベリアは穴の地下はグラキエス

が食い散らかして穴だらけだ。構造のもろいところをつければ崩すことも不可能じゃない」

「それで塹壕作戦か」

地下がこれだけ空洞化が進んでいるなら、キロ単位の巨大な塹壕を作るのも不可能でないように思えた。

「もう一つは岸田博士の行方だ。これは空洞の構造調査の副産物として捜索することができる。もし見つかったら、二人の出番だ」

「わかってる、任せてくれよ」

「うーん、それにしてもここって寒いね。地下ってこんなに寒いものなの？」

マモンは白い息を吐き出しながら、ふいに首をかしげた。

「あれ？　僕の知識が間違ってなかったら、地下に行くほど温度は上がるんじゃなかったの？」

「そうだ。１００メートルで三度気温は上昇する。地下１０００メートル以下なら、地上よりここは三十度以上気温が高くないといけない」

「でも地上よりも寒いよ。由宇君、もしかしてシベリアの終わらない冬の原因、異常気象はこの異常に寒い地下のせいなのかい？」

「その原因こそが三つ目の理由。作戦のもう一つの要だな」

モニターの表示が変わり、風間が顔を出した。

『その要となるものを発見したぞ』

　構築された地図のところどころに水色に色分けされた部分ができた。

「地底湖？　にしては小さいね。全部くぼみにあるから液体だと思うけど」

「その推測は正しい」

　ミツバチが広げていった3Dマップの端に新たな液体を示す表示が増えた。それが次々と増えると、八代もマモンもさすがにおかしいことに気づく。

「自然にたまったにしては、なんだか不自然に感じるんだけど」

「この地下がこれほど冷えている理由だ」

「え、どういうこと？」

「実際に見たほうが早いだろう。一番近いものならここから220メートルだ」

　由宇はそれだけ言うと歩き出した。いつグラキエスが襲ってくるとも解らない状況下で、その立ち居振舞いはいつも通りだった。

　しかたないので二人はついていく。

「わざわざ確認しなくてもいいよ。危ないから戻ろうよ」

　マモンは周囲のグラキエスを気にして小声で文句を言う。

「そうもいかない。原因となっているモノの有無が、今回の作戦に大きく関わる。それにもうすぐそこだ」

由宇が進んだが方角からひときわ冷たい冷気が流れてきた。

「え、なんなのこれ？」

マイナス二十度どころではない。おそろしく冷たい空気だ。

「マスクをつけろ。この先の空気は危険だ」

三人がマスクを装着してさらに進む。静かだった周囲から物音が聞こえるようになってきた。硬質な足音だ。

「グラキエスが近づいてきているな。下手な挑発で刺激したくない。八代、近づいてきたグラキエスを雷鳴動で適当に追い払え。あまり強くやりすぎるなよ。度が過ぎるとただの挑発行為だ」

「さらっと難しい注文だね」

八代はクナイを両手に持つと、ツバサのように羽ばたいてクナイ同士をぶつけて、独特の音を鳴らした。足音が遠ざかり再び静けさが戻ってきた。

「ふう、成功したみたいだね」

緊張に冷や汗をぬぐった。

「成功してもらわないと困る。これだけの数のグラキエスに一斉に襲いかかられたら、私でもひとたまりもない。マモンはグラキエスの気配を感じ取れるんだったな。ならばこれからは事前に近づいてくるグラキエスの方角を教えてくれ」

マモンがふんと鼻で笑う。

「つまり僕の力が必要ってことだね。もうちょっと丁寧な言葉でお願いしてくれたら聞いてあげないこともな……まって、近づいてくるグラキエスがいるよっ！」

マモンが事前にグラキエスの気配を察知した。八代(やしろ)は指示された方角に雷鳴動(らいめいどう)を放ち追い払う。

グラキエスは次々と近づいてくる。マモンは気配を探ることに集中しなければならず、話を続けるどころではなかった。それからしばらく三人は歩き続けた。八代(やしろ)とマモンはうまくグラキエスを追い払い、戦闘することはなかった。

三人の口数が少なくなってきたのは、緊張や警戒ばかりのせいではなかった。寒さがさらに増してきた。皮膚に痛みが走る。マモンは温度を確認しようとしてＡＤＥＭで支給されているツールの温度計を見たが、マイナス四十度までしか対応していなかった。

「まだなの？　このままだとグラキエスに殺される前に凍え死ぬよ」

「気温が下がっているということは、それだけ目的地に近づいているということだ。……あった」

由宇(ゆう)が指さした先には、いままで岩肌ばかりだったものとは違うものが見えていた。

「なにこれ？　綺麗(きれい)な地底湖だね」

そこには小さな池のようなものがあった。ＬＥＤライトに照らされて、透明度の高い青い色をした数メートル程度の小さな池だ。

マモンが好奇心のおもむくまま近づこうとするのを、八代が慌てて引き留めた。

「ちょっと待って。これって安全なものなの？　グラキエスの新兵器とかだったりしない？」

「グラキエスが作ったものだが兵器ではないぞ。とはいえ近づいても平気ではないがな」

由宇の言葉にマモンははてしなく微妙な顔をする。

『おまえがダジャレを言うとは珍しい』

由宇は無言でＬＡＦＩサードをねじ曲げようとして、風間は慌てて前言を撤回した。

八代はおそるおそる青い液体をのぞき込む。

「しかも冷気やばそうだよ。ＡＤＥＭの特殊防寒具越しにもわかるくらいあそこは冷たい」

「そんなに冷たい水なら普通凍ってるんじゃないの？」

「水ならな。これは二酸化炭素を空気中から排除するための副産物みたいなものだ」

由宇の言葉にマモンはしばし考えて徐々に顔を青ざめさせて言った。

「二酸化炭素を排除する副産物で、青い液体って……まさか？　ちょっと待って。おかしいでしょ。これって液体酸素⁉　ありえないよ。いくらシベリアが寒いからって」

「正解だ」

「液体酸素はマイナス百八十三度。地下が寒いのはこれが原因か。さすがに冷えるわけだ。でもどうしてこんなところに……」

八代の体が震えているのは寒さばかりのせいではない。得体のしれない出来事が不気味でならなかった。

「超低温で空気中の成分を分留して、弱点である炭素を含んだ二酸化炭素を排除しているんだ。低温で固体化した二酸化炭素、つまりドライアイスだが、ここにはないようだな。どこか別の場所に運び出したか」

そのとき液体酸素の池の中で何かがはねた。液体の中を何かが動いているように見えた。見間違いかと思った八代は何度も目をしばたたかせる。

「まさか液体酸素の中で生息できる生き物なんていないよね」

「サタン！」

マモンが急に叫んだ。

「そうだ。サタンもそうだった。彼も体が消耗すると液体窒素に浸かって体を取り戻していたんだった」

「つまり液体酸素の中に生息するグラキエスもいるということ？」

八代の問いに答えるように、液体酸素の池でまた何かがはねた。今度は赤い体表がはっきりと見える。

「予想はしていたが、グラキエスが操れる分子はケイ素だけではないようだ。酸素も液体化させ、こうしてここでとどまらせている。普通ならすぐに蒸発してしまうからな」

「酸素の液体化の維持って、どうやって？」

珍しく由宇は肩をすくめて解らないというゼスチャーをする。

「超低温による空気の分留をどう行ったかはわからない。いまある技術では、どうしても複雑で大規模な設備が必要になる。さらに液体の状態で安定している理由はもっと不可思議だ。グラキエスは多種多彩な進化をした。その中には人間の知識を凌駕するものもあるということだ。自然界の可能性は人間の知性より豊かだということを忘れてはならない。いまある技術の多くは人の知性が作り出したものではない。自然を解析し学び取ったもののほうがずっと多い」

「グラキエスは自然のもの、という解釈なのかい？」

由宇の言い方に違和感を感じた八代は疑問を投げかけた。

「自然という言い方が気にくわなければ、無数の偶然と選別が行われた結果だ。その過程は自然の進化のそれと酷似している。時間があればこの空気の分留手段を解析したかったが、かなわぬ望みだろうな。もしこの技術が安価に再現できるものなら、多くの環境問題や技術の発達に貢献しただろう」

由宇が珍しく饒舌になっている、彼女なりに何か思うところがあるのかもしれなかった。

「このような液体酸素の溜まりは洞窟内にいくつもあるだろう。これがあることを確認したかった。液体酸素の有無で作戦の成否は大きく変わる」

八代が手を打つ。

「これが今回の作戦の切り札ってわけだね。あの方法は錆び付いた技術だけど、これだけ大量にあるなら使わない手はない。弱点である二酸化炭素を排泄するための進化が、別の弱点を生み出す欠点となってしまう。行きすぎた進化はときに諸刃の剣となる。いやあ皮肉だねえ」

納得している八代と正反対の反応をしているのはマモンだ。

「ちょっと、二人だけでわかったつもりになっててなんなの？　なんのことだよ」

「いずれ解るよ」

したり顔でウィンクする八代の胸ぐらをマモンは容赦なく揺さぶった。

「なんなのその顔、むかつくんだけど」

「そんなに揺らさないで、吐きそう」

二人のやりとりを由宇は冷ややかに見ていた。

『うらやましいのか』

ＬＡＦＩサードのきしむ音が洞窟内に響いた。

11

『作戦開始まであと五分です』

『全軍配置完了しました』

作戦開始が間近になり、次々と報告が入ってくる。

『全部隊、配置についたぞ。ここからはおまえの独壇場だ』

風間が表示した作戦マップにはグラキエスの進行度合いとロシア軍、ＬＣ部隊の配置が詳細に表示されていた。

由宇は静かな表情でそれらの通信を聞いていたが、おもむろに手を動かし作戦の初期行動を入力し始めた。グラキエスの進行状況にあわせて最適な行動が由宇の頭の中にはすでにあった。軽やかにリズミカルにキーボードを打つ姿は、著名なピアニストのようにも見えた。

「いやあ、あいかわらず鮮やかだね」

マモンは由宇が作業している様子をすぐ真横からのぞき込んだ。しばらく作業に没頭していた由宇だったが、

「近くないか？」

と体温を感じるほどそばにあるマモンを横目で見た。

「気にしないで。見てるだけだから」

とマモンは顔の位置を一ミリも動かすつもりはなかった。

「そ、そうか」

由宇はややりづらそうに、それでもリズムは崩さずに作業を続けていた。横顔がやや緊張

している。

由宇の戸惑う態度が珍しい。あのような距離感で純粋な好奇心で詰め寄ってくるのを苦手としているのか。

——あるいはむずがゆいのかな。

好意より敵意悪意になれた少女だ。マモンは感情の起伏が激しく、他人への好悪もコロコロと変わる。いまは由宇のしていることへの好奇心がまさって、先ほどまで恨みがましく思っていたことなど綺麗さっぱり忘れているようだった。

「なんかニヤニヤ見てて気持ち悪いんですけど」

などと思っていると、マモンが八代に冷たい眼差しを送ってきた。

『作戦開始まであと一分だ』

風間が告げるとほぼ同時に、由宇の手は止まった。

「なんとか作戦の初期行動の設定入力が終わった。最初の十分は予想外のことが起こらない限り、これでなんとかなるだろう」

「一つ一つに指示が二十以上、秒刻みのスケジュールが組まれてるんだけど」

マモンはあきれた顔で相変わらず間近から見ている。由宇はやや顔をそらし身体をのけぞらせていた。

「これでもだいぶ簡略化したつもりだ。これ以上指示を細かくしても、成果は3パーセントもあがらない。私のやり方を引き継ぐフリーダムもやりにくいだろう。……やはり足りないか？」

「もう充分！　時間もないしこれで行こう！」

八代はおしまいとばかりに手を叩いた。

由宇の作戦指示はフリーダムにもリアルタイムで送られているはずだ。彼らはいまごろ由宇の指示の細かさに頭を抱えていることだろう。

『作戦開始まで十、九、八……』

風間がカウントダウンを始めたので、由宇もそれ以上指示を細かくするのをあきらめた。代わりに作戦の意図を注釈として付け加えている。

その内容はグラキエスの行動を予測し、誘導すらしているものだった。普通に考えれば絵に描いた餅だ。

八代は直接見たわけではないが、あきらやアリシアから聞いた訓練の様子、由宇の頭脳を駆使した運動能力、洞察力や分析能力、それらを総合すると、荒唐無稽な作戦内容がとたん現実味を帯びてくるのが不思議だ。

はたして由宇の天才性はこのような大規模作戦でも通用するのか。それとも絵に描いた餅で終わるのか。

グラキエスが迫るのは脅威だが、いまは彼女の真価があきらかになるのが不思議と楽しみで恐怖心も薄らいだ。

12

ゴーゴリは飛び起きると、すぐに時計を確認した。午前零時を過ぎている。グラキエスが基地に到着するまでまもなくだ。もっと早く起こすように指示していたはずだが、誰かが起こしに来る様子もない。

窓の外から戦車の駆動音が聞こえてくる。急いで窓に駆け寄ると、ロシア軍の陸上部隊がいままさに移動しようとしていた。

グラキエスとの戦闘で破壊された兵器は多いものの、それでも圧倒的な数がロシア軍には残っている。

自走砲八十七台、装甲車百十二台、152㎜砲六十二門、攻撃ヘリ二十四機が動き出す。千名以上の歩兵も残っていたが、それらはすべて基地周辺の最終防衛ラインに配置された。

何十台もの車両が一糸乱れぬ様子で移動を開始した。流れるような移動は誰が見ても惚れ惚れとするほどのもので、ゴーゴリも例外ではなかった。

「ぬおっ！」

「うおおっ、ここにきてついにわしの指導の成果が表れたか！」

その一挙一動すべてが由宇の指示とは知らないゴーゴリは、感極まった声を出し喝采する。

ゴーゴリは急いで作戦司令室に行くと、

「皆のものご苦労である！」

と上機嫌に入ってきた。ほとんどの兵士はゴーゴリは放置されていたことに怒り、怒鳴り散らすと思っていたので、完全に予想外で面食らっていた。

司令室にはＬＣ部隊のあきらの姿もあったが、気にかけないほど上機嫌であった。

ただゴーゴリがこれ以上ないほど笑顔なのもわずかな間だった。司令室に飛び交う数々の過剰なまでの指示。各戦車の進行速度、走行距離、角度、あらゆる指示が行われていた。それも一台や二台ではない。絶えず指示が何十も重なって飛び交っていた。すべて同じ声なので、おそろしく聞き取りにくい。

「いったいこの通信はなんだ？」

通信で呼びかけている車両らしきものがちょうど司令室から見えるところを走っていた。

『20メートル直進、一秒停止、右に二十二度、前方車両の右履帯を目指し……』

通信から聞こえてくる指示の細かさは常軌を逸している。指示の細かい教官でもここまでは言わない。だいたいこれほど細かく指示されてもその通りにできないし、混乱するだけだ。

なのに眼下の戦車の行進はなめらかに動いている。指示を無視しているようにも見えない。

そして同系統の指示が、様々な車両に下されている。

「これは、なんだ？」

目を見開いたままゴーゴリはあきらを見た。こんな真似をする者は己の傘下にいない。ならばこの基地の異物であるＬＣ部隊の仕業だと結論づけることができる。

「ゴーゴリ司令、お怒りはもっともですが、作戦の指示は我々に任せてくれませんか？」

あきらはごまかすことはせず、まっすぐにゴーゴリを見た。

「あの指示は遺産技術なのか？　あのような真似もできるものなのか……」

あきらはどう答えるべきか迷った末に、

「一人の天才がやっていることです」

答えられる範囲で正直に答える。

「そうか。たいしたものだな……」

岸田博士達三人がロシアに到着した当日に、ゴーゴリは対グラキエスの派手なデモンストレーションを行った。いかずち隊という特殊部隊とダイヤモンドを使った対グラキエス兵器という切り札を惜しげもなく披露した。

そのときと比べて今回の出動はどれだけ心細いことか。対グラキエス用のダイヤモンド兵器はあるかもしれないが、いかずち隊はいない。彼らの存在が戦局を左右したと言っても過言でなかったのに、いかずち隊はイワンの制御下にあり、いまは使えない状態だ。

ロシア軍の撤退もありえた。

なのにいま進軍している兵士達は、遠目にも士気が高いのが解る。いったいどのようなマジックを使ったのか。軍全体がこれほど高揚しているのを見たことがない。

「これぞ軍隊の理想の形であろう。ならば戦いあとは勝利するだけだ」

あきらはゴーゴリに感謝をした。軍の上層部は逃げるという選択肢もあったし、ゴーゴリならその可能性もあると考えていたからだ。指揮系統を混乱させないため、いろんな思いを呑み込んでいるのだろう。

あきらが隣に立つとゴーゴリは一度だけ見たが、すぐに行軍を続ける部隊へと視線を戻す。

「こんな僻地に配属される辞令が届いたとき信じられない気持ちだった」

ゴーゴリは外を眺めながらぽつぽつと話す。ロシア語が堪能ではないあきらにも解りやすいようにかあるいはそういう気分だったのか、口調はゆっくりだった。

「いったい自分はどんなヘマをしたのか心当たりもなかった。しかしすぐにイワン・イヴァノフという研究者がやってきて、見たことも聞いたこともないような研究を始めた。ロシアが誇る天才科学者セルゲイ・イヴァノフの再来、いや峰島勇次郎の再来かと思った。この施設を守る任務に誇りが生まれた。ここはロシアのほぼ中央だ。軍事基地の意味合いは薄い。しかしわしは兵士の鍛錬を怠ることはしなかった」

「大変だったのですね」

「ああ、そうとも。兵の士気も低い。それはしかたない。左遷も同然に感じただろう。兵士達の多くはイワンのやっていた研究の成果すら知らぬ。ここを守る意味を見いだせずに、脱走する兵士も少なくなかった。しかしそれでもなんとか兵士を鍛えてきた。練度を高めてきた。やっと満足のいく軍隊が完成しようとしていた。そのときだよグラキエスが現れたのは」

地平の彼方に見えるぼんやりとした赤い光に目をやる。

「正直に言うと、やっと報われるときがきたと思った。グラキエスを退ければ、わしとわしの軍隊は認められる。そう思った。イワン・イヴァノフはこの基地が認められる要だ。ある程度の蛮行は見過ごしてきた。その報いがきたのかもしれん」

「報いを受けるべきはあなたじゃないですか？　一般の兵士達じゃない」

あきらの厳しい言葉にゴーゴリは表情を歪ませた。

「そうだな。わしの報いとなっては兵士達もうかばれまい……。兵士の半分は戻ってこないだろう。それ以下かもしれん。わしが手塩にかけた兵士達だ。きっと任務はこなしてくれる。無駄死ににはならないだろうな？」

「お約束します。いまここは人類の、いえ全有機物生物の最前線です」

「そうか、そうか……」

ゴーゴリはそれが聞ければ満足だと言いたげに何度もうなずくと、おもむろにマイクを手に取った。

「貴様らはロシア軍人だ。誇り高く戦い誇り高く死ね。ここは全人類の最前線だ。貴様らの死はロシアの人々の、隣国の、ユーラシア大陸の、全世界の人々の命を守った結果となる！」

手塩にかけた部下達に死ねと命じるのはどんな気持ちか。あきらは唇をふるわせて必死に感情を抑えているゴーゴリの横顔を見て、最終的に人の気持ちは同じなのだろうと思った。

基地から5キロ離れた地点には可能な限り兵器、武器が投入された。ここがグラキエスとの戦闘のフロントラインになる。

部隊の配置が終了してまもなく、無線回線と有線回線がとたんに慌ただしくなった。

グラキエスの姿が確認されたのだ。

「目視可能な距離に到達します」

目視可能な距離は戦車の高さから観測したとしても7キロメートルもない。最初に目に入ったのは、地平線を縁取るように現れた帯状の赤い光だ。日の出の地平線を連想させる雄大さだ。しかし赤い帯状の光が日の出の明かりでないことはすぐに判明する。赤い光は上ではなく手前に伸びてくる。光が奥から手前へ大地を塗りつぶすように赤く染め上げていく。光の津波が大地を覆い隠していく。

モニター越しと肉眼で確認したのとでは、感じる脅威に雲泥(うんでい)の差(さ)があった。モニターで確認したときでも充分に脅威は感じていたつもりであったが、いざキロ単位に広がりを見せる厄災が迫っているのを目の当たりにすると、恐れの感情しか湧いてこなかった。

あれがグラキエスか。かなうわけがない。恐ろしい。逃げたい。

ひたすらにネガティブな感情が心を塗りつぶそうとする。それでも彼らが最前線に踏みとどまったのは、あれを止めねば地球上の生物は全滅してしまうというのを実感できてしまったからだ。

家族や恋人、大事な人のために大勢の兵士はその場で正気を失うことなく、なけなしの勇気を掘り起こし、その場に踏みとどまっていた。

グラキエスの大群と接触するまであとわずかしかなかった。

先頭をきるのはグラキエスの中でも巨大なクルメンだ。巨大な山が迫っていた。誰もが思う。あんな巨大なものを倒せるはずがないと。全員が怖じ気づいていた。

『最前列のクルメンを破壊し壁代わりにする。全員、配置に付け』

そのとき神のごとき一人の少女の声が聞こえてきた。

百以上の車両がいっせいに動く。砲撃は二段階に分かれて行われた。一度目の砲撃はすべてクルメンの右側面に当たり身体の向きを変えさせた。さらに次の砲撃が足下を崩し、巨大なクルメンは横転する。しかしそれだけだ。クルメンの破壊には至らない。

多くの兵士にもう駄目だという諦めの感情が湧く。

兵士達の絶望をよそにクルメンは起き上がろうと暴れた。しかし身体の一部が崩れた地面にはまり、いくらもがいても起き上がれずにいた。それだけではない。もがくクルメンは周囲のグラキエスを吹き飛ばし破壊していた。破壊されたグラキエスの残骸が、ますますクルメンの自由を奪いさらに暴れさせ、周囲のグラキエスを破壊するという悪循環を生む。

『横転の姿勢で暴れ続けたクルメンはいずれ自重で破壊される。標的を変更する』

巨大なクルメンを生きた壁としてグラキエスへの攻撃手段として利用する。それを理解した兵士達は沸き立った。士気の高さは振り切れんばかりに高まった。

戦闘開始から十分、戦力の損耗率は瞬く間に増えていくだろうと予測していたゴーゴリはその認識が間違っていたことを思い知らされた。

最前線はじわじわと後退している。大地を埋め尽くすほどのグラキエスの大群を押しとどめるなどできるはずもない。

各種車両は併せて二十両以上破壊され、攻撃ヘリの三分の一は墜落した。どの兵器も最後は道連れとばかりに効果的なタイミングで爆破し、多くのグラキエスを巻き込んだ。

しかし重軽傷者は出ているが、いまだに死者はいなかった。撤退のタイミングは常に完璧だった。

それらを可能にしているのは軍全体をまるで一つの生き物のように動かしている、異常な数の指示だ。

すべてを目の当たりにしていたゴーゴリは全身を震わせていた。

「なんと……なんと、なんだとお！　いまわしは奇跡を見ているのか！　素晴らしい、素晴らしい、素晴らしい！」

規格外すぎる戦果を前に、人は妬みの感情すら湧かない。あるのは喝采だけだった。

13

蓮杖は震えた。

数々の戦闘、戦場を体験している蓮杖は、常に冷静に分析するのを得意としていた。いっさいの感情を交えず、状況判断ができる。それが蓮杖の強みであり、だからこそゴーザリティゴーグルを使いこなせていた。

しかしいま蓮杖は初めて大きな感情に心を震わせていた。

――まさかここまでとは。

基地で見せた由宇の指揮の一端をあきらから聞き解っているつもりだった。しかしそれは大きな間違いだった。

由宇の指揮は完全に常識外だ。

コーザリティゴーグルの補助と戦場での経験値があれば、峰島由宇に迫れる。あるいは非情になれる分、うまく立ち回れると考えていた。

とんだ思い上がりだ。

「手伝います」

一緒に戦局を見ていた福田が申し出る。

「私もやりましょう」

怜が続いた。

三人が手分けをして由宇の思考を、判断を、戦略をまねて指揮を執る。いまはまだ指揮権は由宇にある。三人は予行練習とばかりに、由宇の戦略を模写しようとした。

「まだ足りない」

一分ももたず、蓮杖は冷や汗が出る。

福田が優秀な軍人なのは解っていたし、怜にも並々ならぬ知識があるのは解った。なぜこれほど軍事も長けている人物が麻耶の秘書をしているのか疑問だった。あるいはそれほどでなければ真目家の秘書は務まらないのか。それでもまだ足りなかった。

由宇の思考の速さは尋常ではない。指揮の正確さは舌を巻くばかりだ。ロシア軍人一人一人のクセを解っていなければ無理だ。

「戦術に長けている人間があと五人は必要だ」

コーザリティゴーグルで状況を総括できる蓮杖をトップに、福田と怜が補佐、さらにその下に五人つける。フリーダムの八人が由宇の戦術を模倣していく。

蓮杖は声もなくうめき、福田は天を仰ぎ、怜はらしからぬ冷や汗を流した。優秀な作戦参謀五名はただただ驚愕していた。

「八人でも足りませんね」

「さらに五名、増やします」

「頼みます」

それでも由宇に及ばないだろう。しかしこれ以上人数を増やしても、統率がとれなくなるだけだ。非情になれる、十の兵士を生かすために一の兵士を犠牲にできる、そのアドバンテージでやっと並べるかどうかだ。

「私はそれなりに優秀だと思っていましたが、その自負を完膚なきまでに壊してくれますね」

怜は憂える姿まで完璧だった。

それすらも持ち合わせていない福田は横目で怜を見て、

「彼女の前で自信を保てる人間なんていないでしょう」

とぼやくしかなかった。

いるとしたら峰島勇次郎くらいか。いやもしかしたら、かの天才科学者でさえ、娘の前では自信をなくしていたのかもしれない。

14

ある日、ある時、風間は珍しい相手に語っていた。ロシアでグラキエスの問題が発生する前のことだ。

『峰島由宇と峰島勇次郎の天才性はまるで異なる』

「ほう、何かね？」

岸田博士は蜂蜜をたっぷりと入れた紅茶を口ひげにつけて、目の前にいるノートパソコンに詰め寄った。

「君の見解はとても興味がある。差し支えなければ聞かせてくれないか？」

モニターの中で風間はうなずき語り出す。彼もまた、NCT研究所を支えるもう一人の天才と語りたいと思っていたのかもしれない。

『峰島勇次郎の天才性は人類の歴史を一人で突き進む速さがあった。対し峰島由宇の天才性は思考の並列性にある。同時にこなせる作業の数が尋常ではない。CPUの発展がシングルコアプロセッサからマルチコアプロセッサに移行したのは、シングルコアの限界が見えたからだ。確かにシングルコアの速さは勇次郎が圧倒的だっただろうが、マルチコアであらゆる状況に対応できる峰島由宇の思考は、津波のように押し寄せてくる不気味さがあっただろう。追いつかれたらおしまいだ。あっというまに呑み込まれてしまう。そのためがむしゃらに走るしかない』

「それほどかね？」

岸田博士は目を丸くしてモニターをのぞき込む。

『たとえばマルチコアを活かしやすい戦術で勝負したら、あの勇次郎でさえ敗北するだろう。いまなら解る。峰島勇次郎は娘を見ていなかったのではない。目を背けていたのだ』

「やっぱりそうか。だから勇次郎君は、自分の名前をあげたんだな」

それはいつか来るであろう敗北宣言だったに違いない。

「しかし君は勇次郎君の助手として働いていたときに何度か会ったことあるが、あのときよりずっと人間らしくなったね」

『ＬＡＦＩの中に戻り一度は人間性を捨てたつもりだったが……。人間の赤子とて、狼に育てられれば狼のように育つ。それと同じだ』

「ははは、そうかそうか」

目を細めて笑う岸田博士の穏やかな雰囲気に、はからずも風間も笑みをこぼした。

15

この戦場でただ一人、喝采していない人物がいた。それどころか不満そうですらある。

「やはり完璧とはいかないな」

由宇は己の戦果にいま一つ満足していなかった。

「ちょっと何を言ってるんだい。これ以上ないほどの戦果じゃないか！」

八代には何が不満なのかさっぱり理解できない。すべて作戦通りに進んでいると言って過言ではない。マモンも目を丸くして戦況成果を見ていた。

「後退の速度が予定より7パーセント早い。フリーダムの到着までもう少し耐えたい」

「いま以上の奇跡が必要ってこと？」

「奇跡が起こってくれて欲しいところだが、現実に奇跡なんてものはない。もう一工夫必要か」

考えているように見えたのはほんの数秒。すぐに由宇の手はリズミカルに動き出す。その作戦内容はさらに舌を巻くものだった。

由宇は奇跡が欲しいと言っていたが、八代やマモン、作戦参加者全員にしてみれば、奇跡はすでにリアルタイムで起こっていた。

『あまり無茶はするな。完璧を目指しすぎると、おまえの戦法の引き継ぎが困難になるぞ』

「わかっている。徐々に指揮権の委譲はすませている。私が担当している区分はもう半分もない。ただ……」

由宇の懸念がなんであるか八代とマモンにはすぐに解った。わずかだが、前線の動きに乱れが生じている。どれだけうまく模倣しても、どうしても齟齬が生まれる。模倣の精度の問題というよりは、どうしても発生してしまう由宇と上空のフリーダムとのタイムラグが問題だった。

「どれだけ完璧に行おうと、絶対に撃ち漏らしはでてくる。とくに飛行タイプは一気に内側に来るだろう。どうしても0・5パーセント前後は抜けてくる」

言った矢先に前線のわずかな乱れの隙を突いて、基地内部にまで侵入してきたグラキエスの一群が表示された。

16

ほんの数日前まで、ヴォルグはシベリアに数多くある村に住んでいるただの少年に過ぎなかった。日常は穏やかで、今日が終われば同じように明日がくるのだということを疑ったことなどなかった。

それがこの数日で自分を取り巻く環境は激変した。

住んでいた村はグラキエスと呼ばれる謎の無機物生物群に滅ぼされ、自分も殺されそうにななった。

あわやというところでヴォルグを救ったのは、スヴェトラーナや闘真達だった。

それからは勢力図を広げるグラキエスから逃亡しながら、生き残った人々を救出するという闘真達に同行する日々が続いた。グラキエスの生息域はどんどん広がり、避難民の数も膨れ上がった。

軍事基地に到着すれば安全だという気持ちが厳しい行軍のよすがだった。軍隊ならグラキエスに対抗できるに違いないと、どこかで無条件に信じていた。

しかし現実は違った。たどり着いた基地もグラキエスの脅威の前では無力同然だった。わずかながらに侵攻を食い止めることができる。その程度にすぎなかった。

外から銃声や車両が激しく走り回る音、ヘリや航空機のエンジン音が聞こえてくると、避難民達はヴォルグや子供達を中心に、格納庫の中央で身を寄せ合った。

彼らを護衛する役目の兵士が数名いるが、もしグラキエスが基地の敷地内にまで侵入してきたら、彼らだけで守り切れるかあまりにも心許なかった。

格納庫を強化するとスプレーのようなものを壁に吹きかけて、ヴォルグ達避難民にも吹きかけた。いったいこれで何が大丈夫なのかと避難民の一人が問いかけたが、兵士もよく解っていない様子だった。

戦闘が始まってどれくらい時間が経過しただろうか。

「敷地内にグラキエスが侵入？　それは本当か？」

兵士の一人が通信でそのようなやりとりをしているのが聞こえた。それから格納庫内にいた兵士達が集まり、何か話をしているのが聞こえる。

「ここもいつまで持つか解らない」

「しかし動くなと指示を受けているはずだ」

「こんな壁の薄い格納庫、あっというまに破壊されてしまうぞ。だいいちADEMとかいう連中の指示に従うのか？　何かあったら責任を取らされるのは俺達下っ端だ」

彼らの話し合いはまとまる様子はなかったが、一つの出来事が彼らの意思を一つにした。

突然、格納庫の壁を激しく叩く音が聞こえた。窓ガラスから見える外の景色にグラキエスの姿が見えた。

「反対側のドアから出るぞ」

兵士達は避難民をせかして、慌てて外に出ようとドアを開けた。それが悪かった。待ち構えていたようにドアの外にいたグラキエスが兵士を殺して中に侵入してきた。体と四肢が棒のように細長いグラキエスをヴォルグは何回も見てきた。

悲鳴をあげる避難民達を守るようにライフルを持ったロシア兵は、グラキエスの鋭利な頭部に貫かれてあっさりと殺されてしまった。無愛想な兵士の中でも彼は優しかった。

ロシア兵達が足止めしている間に他の兵士が避難民を外に誘導した。このような状況で外に出て大丈夫なのか。しかし逃げ場のないホール内ではもっと危険かもしれない。

ロシア兵が次々と倒れていくのを見て、避難民達は逃げるように誘導に従った。

百名近い避難民が基地内を歩いて行く。基地内の建物は破壊のあともあり、滑走路から撤去された瓦礫（がれき）がわきに転がっている。

まわりを見ると疲れ切った表情で歩いている顔ばかりだ。足取りも重い。

「みんないない……」

道中グラキエスから守ってくれた人達の姿はない。

闘真（とうま）は重傷を負った。クレールは誰かに撃たれて死んでしまった。母親であるスヴェトラーナは目の前で我が子を失って抜け殻になった。アリシアやリバースはどうしているのだろう。

空には絶えず戦闘機の爆音が鳴っていた。分厚い雲の向こうで雷のように何かが光る。雷でないのはすぐに解（わか）る。数秒を待たず分厚い雲を突き破って、落下してくるものがある。戦闘機と飛行能力をもったグラキエスだ。

珍しい光景ではない。先ほどから何機もの戦闘機がそしてグラキエスが、黒煙の尾を引きながら地面に落ちてくる。

そのうちの一機はすぐそばに墜落して、地面を削りながら目の前まで転がってきた。大勢の避難民が悲鳴をあげて体を伏せた。幸い、墜落した戦闘機は十数メートル手前で停止した。

戦闘機が放つ熱が、シベリアの冷たい風にまじって体をなでていく。寒さが紛れることよりも、怖さのほうが先に立つ。膝が震えて一歩も動けなかった。

ヴォルグだけではない。ほかの避難民も伏せた姿勢のまま動けずにいた。

「もう少しだ！　輸送機はすぐそこだ！」

先導する兵士が必死の形相で声を張り上げている。

——輸送機で脱出？　この空を？

ヴォルグが空を見上げると不安を煽るように、またしても戦闘機が墜落していくのが見えた。もう何機墜落するのを見ただろうか。十か二十か。

またいつそばに墜落しないとも限らない。それどころか運良く墜落に巻き込まれないですむとは限らない。

「引火して爆発する。早く離れろ！」

墜落した戦闘機からはまだ黒煙が立ち上っている。

誰もが必死な顔で動き出した。疲弊していたが、まだ生きる気力だけは失っていなかった。

ヴォルグも早くその場を立ち去ろうとしたがすぐに足を止めた。

「おい、何をしている！　早く逃げるんだ！」

兵士の呼ぶ声は聞こえていたが、それ以上に気になることがあった。

何かを叩く鈍い音が何度も聞こえてくる。墜落した戦闘機からだ。音の出所はすぐに解った。

墜落した戦闘機には運悪く脱出できなかったパイロットが残っていて、そして運良くまだ生き残っていた。

ドアを開けようと拳でキャノピーの窓を叩いている姿が黒煙の隙間から見えた。しかし見えたのは一瞬のことだ。黒煙はますますひどくなりコックピットのほとんどを覆い隠してしまった。

「早く逃げるんだ」

「でも中に人が……」

煙に隠れても叩く音だけは聞こえてくる。開けてくれ、助けてくれという声が加わった。耳を塞ぎたくなる悲鳴のような声だ。

「手遅れだ。これ以上ぐずぐずしていると、我々も巻き込まれるぞ」

業を煮やした兵士がヴォルグの手を引っ張った。キャノピーを叩く音と助けを求める声が追いかけてくる。耳の奥にこびりつく。

ここは地獄だ。

あらゆる生命は死んでいく。人間も動物も木々も、いずれグラキエスに呑み込まれてしまうのだ。

――誰も助けにこない。誰も、誰も、誰も……。

暗い空を仰ぎ見てヴォルグはただただ絶望に打ちひしがれていた。絶望し恐怖しているのはヴォルグだけではない。避難民達全員、それどころか兵士達の間にも伝播していた。

助けを求める声は徐々に小さくなる。

うつむくヴォルグの視界の隅を何かがよぎった。顔を持ち上げると、墜落した戦闘機に向かって走る後ろ姿が見えた。

「あっ……」

いまにも爆発しそうな戦闘機に向かって走る背中にたなびく長い髪の色をヴォルグは知っている。グラキエスからの逃亡の日々、その背中が何人もの命を救ったところを見てきた。

「アリシアお姉さん……」

その背中はすぐに黒煙の中に呑み込まれた。銃声だけが聞こえてきた。過去何度もアリシアはその銃でグラキエスを退けて誰かの命を救っていた。

そしていまもいっさいの躊躇なくパイロットを助けようと走っていた。

兵士に引っ張られるまま、その場から離れる。しかしヴォルグの目は戦闘機から目を離すことができなかった。

煙の中から何かが飛び出す。パイロットを肩にかついだアリシアだ。ほぼ同時に戦闘機がひときわ大きな炎を上げたかと思うと爆発した。

爆風を背中に受けたアリシアが地面の上を転がる。パイロットをかばうように抱きかかえていた。いつのまにか兵士も足を止めてその様子を見守っていた。兵士だけではない。ほかの避難民も皆足を止めて固唾を呑んでいた。

地面に伏したままアリシアはしばらく動かなかった。パイロットも同様だ。

「ああもう。兵士一人救うのにここまで泥だらけになるなんて、私のキャラじゃない。まさか、あのスプレーって防火機能もそなえてるの？　通販の嘘くさい宣伝文句より性能いいってインチキすぎない？」

アリシアは英語で悪態をつきながら勢いよく起き上がった。ヴォルグには彼女が何を言っているのか解らなかったが、ただ彼女が元気なことにほっとした。

「大丈夫？」

アリシアに近づくと彼女は笑顔を見せる。

「まあね。それよりあなた達こそ大丈夫なのって状況なんだけど。いま輸送機で飛び立つってなに考えてるの？　どう考えても格好の的よ。集団自殺したいなら止めないけど、生き残りたいなら私についてきなさい」

アリシアが声を張り上げると、避難民達の表情に生気が戻ってきた。

「ロシア軍の適当な指示で、ここまでの苦労を水の泡にされちゃたまらないわよ。ここで死なれちゃ、なんのためにがんばってきたのかわからないじゃない。一つくらいはがんばった証を何か残させてよ」

アリシアの指示で避難民達が移動する。

「基地の外で何万というグラキエスを食い止めている。でもどうしても漏れて侵入を許してしまうグラキエスは出てくるわ」

アリシアはライフルを構えると、ちょうど侵入してきた飛行タイプのグラキエスを打ち落とした。うつぶせや膝立ち等の安定した姿勢も取らず、強風が吹き荒れる中で、敷地内といってもヴォルグ達がいる中から1キロ以上は離れているグラキエスへの狙撃だった。

さらに続けて二発。長いライフルを振り回し、アリシアは次々とグラキエスを遥か遠くにいる段階で撃ち、破壊していた。

「まったく魔法みたいな調整ね。これだけ撃ちやすくなるなんて、あの娘本当に何者なの？」

喜んでいるのか呆れているのか判断のつかない表情をするアリシアをヴォルグは不思議そうに見ていた。

「まあ、見てなさい。私がいる限り一匹残らずみんな狙撃してあげるから」

それでも次々とグラキエスは現れてくる。さすがに数が多い。しかしLC部隊の隊員やロシア兵が侵入してきたグラキエスのそばにいくと、グラキエスは混乱し一時動きを止めた。彼らの手には防犯ブザーが握られている。その隙にアリシアは次々と狙撃した。

「3ドルブザー大活躍ね。ほら大丈夫だったでしょう」

アリシアは乱暴にヴォルグの頭をなでた。ヴォルグが安堵にアリシアを見上げて笑った。しかしそれも一瞬のことだ。強張った子供の顔を見てアリシアはすぐさま、見上げている空に向かってライフルを構えた。

そのときひときわ甲高い音とともに、雲を突き破って出現した機影があった。また墜落した戦闘機かと思ったが、様子が違っていた。

「な、なにあれ？」

分厚い雲が割れるように動き、巨大な何かが姿を現したのを見てヴォルグは叫んだ。

17

元海星（かいせい）——波号部隊が乗るフリーダムは悪天候の影響で予定の時刻よりわずかに遅れて、作戦区域に到着しようとしていた。

フリーダムの司令室には蓮杖（れんじょう）や福田（ふくだ）をはじめ、十数名のオペレーターが集まっていた。その中のほぼ全員が由宇（ゆう）の戦術を模写し再現するために必要な人数だった。

「前線を突破したグラキエスの数、三百以上！」

「なんとしても被害を出すな。我々が引き継いで被害が増えたとあっては、示しがつかない」

「とはいえ、前線の維持も困難です。そろそろ決断しなくてはならないでしょう」

淡々と話すのは怜（れい）だ。このメンバーの中で福田（ふくだ）、蓮杖（れんじょう）と並んで担当範囲が広い。なおかつ状況の見極めは誰よりも早かった。

そして怜のいう決断とは、由宇には任せられない部分。犠牲となる兵士を選ばなくてはならないことだ。すべてをチェスの駒のように動かす作戦の性質上、生死もほぼ指揮者の手の内だ。

「俺が決めよう。俺の担当しているエリアのグラキエスの侵攻が鈍い。全体を見渡す余裕がある」

蓮杖は作戦の最高責任者として、たとえ己のエリアの余裕がなくとも自分が決断すると決めていた。

「高度2万7000フィート。雲に突入します」

分厚い雲に入った途端、機体が大きく揺れた。乱気流で機体がきしむ音がする。

フリーダムほど巨大で遺産技術を結集した航空機でもこれほど揺れるのだ。普通の航空機ならば制御できず墜落するか空中分解してしまうだろう。

ロシア軍がまともな増援を送れないのも無理はなかった。シベリア西部は南北を横断するウラル山脈が立ちはだかり低空で近づくことはままならず、上空は常軌を逸した乱気流でフリーダムでなければ飛行不可能な状態だ。

東部側はすでにグラキエスに大きく戦力を投入したあとだ。さらに言えばグラキエス問題で中国やアメリカと緊張状態が高まっている。

「結局、増援として間に合いそうなのは我々だけか。いくらなんでもロシア軍の動きが遅すぎる」

前代未聞の非常事態とはいえ、ロシア軍の増援が皆無というのはひどすぎた。

「地形と政治的情勢で増援をはばむ状況になっています。さらに言えばゴーゴリという虚栄心の強い人物がシベリアの司令になったのも一因でしょう。司令官になった人選に何かしらの関与の痕跡がありました。これがすべてイワン・イヴァノフの思惑の内だとしたら、彼は思った以上にしたたかです。事前の情報ではエキセントリックで研究一辺倒な人物像でしたが、どうやら間違っていたようですね。いえ間違えさせられたというべきでしょうか」

怜は冷静にイワンを評価している。

「すべて偶然かもしれませんよ。イワン・イヴァノフは報告にあった通りの人物かもしれない」

「もちろんわかっています。敵を勝手に大きくするのは愚かなことです。可能性の一つとして、頭の片隅に入れるにとどめておきますよ」

オペレーターが再度報告をする。

「高度４０００フィート、雲を抜けます」

分厚い雲を突き抜ける。シベリアの北西部は町の光はほとんどない。本来あるのはどこまでも広がる針葉樹と大小の山々、それと雪原だ。

しかし降下してまっさきに目に入ったのは、無数の赤い光だ。

「これすべてがグラキエス？」

地平の彼方から大都会の夜の光のように、大小様々な赤い光が大地を埋め尽くしていた。その数は視界に収まる範囲内だけでも数万は下らない。

福田は自分の覚悟がいかに甘かったか思い知らされた。

ＡＤＥＭとの司法取引で得た一時的な自由と引き換えに向かわされたシベリアの戦場は、彼が知っている死地とはまるで別物であった。

謎の生物が我が物顔で地上を跋扈し、空にも奇っ怪な姿の鳥とも呼べない奇妙なものが飛んでいる。天候は異常気象続きで、六月だというのにいまだに冬の寒さが続いている。

元海星がたどり着いたときにはすでに戦いは始まっていた。ロシアの戦闘機と正体不明の飛行型グラキエスが空中戦を行っている。

分は戦闘機にあった。機動性、攻撃力、組織的行動、いずれもグラキエスのそれを大きく上回っている。

しかし数が違いすぎた。戦闘機が一匹を撃退している間に、グラキエスは十以上増えている。いかに戦闘機が優秀でも、数の暴力にはかなわない。

空でグラキエスの密度が高まると、かわして飛行するだけでも精一杯だ。

「な、なんなんだこいつらは！」

ここで行われている戦争は、これまでのそれとまるで性質が異なる。もっとも根源的な争いである種の生存競争。いや生存戦争だ。

眼下に広がる無数の赤い光。見ようによっては町明かりのように見えなくもない。しかし赤い光は波か雪崩のように動いていて、その光景は見渡す限りどこまでも続いていて、圧倒的な光景に息を呑むばかりだった。

「これは、現実なのか……」

その光景を目の当たりにした福田は、そのような言葉を絞り出すようにつぶやくのが精一杯だった。

「ヌーの大移動だな」

オペーレーターの一人がぽつりとつぶやく。福田の後ろに控えていた怜がすぐさま冷静な言葉をかぶせてきた。

「その認識は誤解を生みかねません。ヌーの移動に比べて移動は確かに遅く見えますが、縮尺の違いが移動速度の遅さを錯覚させているのです。ここが上空１０００メートルの飛行機の中だということをお忘れなく」

「失礼しました。あやうく敵を過小評価するところでした」

過小評価するところというより、したかったと言うべきだろう。圧倒的な光景を前に少しでも相手を小さく見たかったというのが本人も気づいていない本音だろう。

しかしそれでは困る。正しく状況を認識して的確な判断をしてもらわなければならない。そのためには敵を正しく評価しなければならない。過小も過大も許されない。

「艦載機全機発進準備。出し惜しみはなしだ」

蓮杖の指示がとぶ。フリーダムに格納されているＶＴＯＬ戦闘機は、ＡＤＥＭの手によって一つ大きな改造を施されていた。さらに由宇がつい先ほどアップデートをしている。その実力がいかほどのものなのか。

ＶＴＯＬ機の半数は状況分析のもと、自動で空中のグラキエスを撃墜する。残り半分は由宇が指揮を担当している。彼女が最初に手本を見せる。

「なんだこれは……」

司令室に本日二度目のざわめきが起こった。一度目はつい先ほど、グラキエスの大群を目の当たりにしたときだ。

二度目は飛び立ったＶＴＯＬ機の性能だ。由宇によってリプログラムされたアビオニクスはまったくの別物だった。旋回性能、加速力、上昇力、戦闘機の性能を測るうえで参照すべき点はいくつもあるが、そのようなものではかれるものではなかった。航空機の常軌を逸した動きが繰り広げられた。

目標——グラキエスに最短で接近し、機銃で打ち落としながら、すでに次の目標への軌道を描く。軌道が前方のみではない。いかに他の戦闘機より多彩な動きのできるＶＴＯＬ機とはいえ、前方以外に進めるなどありえない。しかしＶＴＯＬ機は前後左右に、まるでヘリであるかのように動く。正確には軌道を旋回しているので、ヘリとは異なる。ただ旋回半径があまりにも短く、急制動で停止から発進を行っているので、ヘリのように前後左右に自在に動いているように見えた。

基地内に侵入した数百のグラキエスがあっというまに打ち落とされた。

「これは、航空機の常識を取り払わないといけなそうですね……」

ほとんど表情を表に出さない怜ですら戸惑い、知らずしらずのうちに笑みを浮かべていた。もう笑うしかない。笑っているのは怜だけではない。誰もが心の中に抑えきれない高揚が生まれていた。

航空機の常識だけではない。

もしグラキエスの問題を解決しても、世界は変わるだろう。戦争の常識が塗り替えられる。その所業は、峰島勇次郎のそれと同じだ。

――いや、もう少したちが悪いですね。

怜は感嘆と同時に嘆息もしていた。峰島由宇のもたらす技術は、最初から完成されすぎている。戦闘機の国際的規制も見直されるようになるだろう。世界中の軍隊が欲しがるのが目に見えている。

しかしそんな心配もグラキエスを倒してからだ。

18

ヴォルグは呆然と空を見上げていた。しかし先ほどまでの絶望に染まったそれではない。驚きと静かな興奮が少年の胸に湧き上がっていた。

突然雲の上から巨大な飛行機が舞い降りる。まだずっと上空にいるはずなのに、いままで見たどんな航空機よりも何倍も大きいのが解った。

さらに巨大航空機――フリーダムから無数の艦載機が飛び立った。グラキエスより速く機敏に空を自在に動き回る。次々と易々とグラキエスを打ち落としていく。

先ほどまでロシアの戦闘機が苦戦していたのが嘘であるかのようだ。

「あ、ああ、ああっ！」

ヴォルグは思わず歓喜の声をあげていた。ヴォルグだけではない。他の避難民も大勢空を見上げて、グラキエスが打ち落とされるたびに歓声を上げていた。ロシア兵も銃を振り上げて興奮していた。

もはや誰も沈痛な面持ちをしていなかった。湧き上がる興奮と生きている喜び、希望にわいた。

「やれ、やれ、やってしまえっ！」

いつのまにか声が出ていた。大声で応援していた。

「あ、あそこにっ！」

ヴォルグは墜落した戦闘機を見つけた。そのことを近くの兵士に伝えると、すぐに助けに行こうと返事が来た。さっきは見捨てて逃げろと言われたのに、いまは何もかもいい方向に一変した。

兵士と大人達が墜落した戦闘機のところに行く。ほどなく二人に担がれたパイロットが姿を現した。

パイロットはヘルメットを脱ぐと、みなと同じように空を見上げた。その目から涙があふれていた。

「悔しい。悔しいな。俺達にはできなかった」

次々と落とされるグラキエス。それは先ほどまでのロシア戦闘機と真逆の光景だ。

「全部落としてしまえ。俺達の敵をとってくれ！」

パイロットは大声で叫んだ。兵士の誰かがロシア連邦国歌、祖国は我らのためにを歌い出した。他の兵士も同じように歌い出した。ロシア兵は次々と歌に加わった。パイロットは思わぬ美声を披露した。

強いロシアの再建という意味を込めたロシア連邦国歌を快く思わない国や民族もある。しかし今だけは避難民達も一緒に国歌を歌った。

戦場の喧噪の中で荘厳な歌が響き渡った。

19

ＶＴＯＬ機の機動がさらによくなったことに蓮杖は感嘆をもってモニターを見ていた。機動だけではなく、より的確に各グラキエスを撃破している。

――峰島勇次郎の娘とはこれほどのものなのか。

しかしこれは本番ではない。グラキエスを打ち落としているのは基地を守るためと、これから実行する作戦フェーズ１の要となる攻撃を行うための露払いだ。

モニターには格納庫に並んでいるＶＴＯＬ機が映っている。同じようにＡＩによる操縦を行うが、先のグラキエスとの空中戦をしたＶＴＯＬ機とは搭載されている兵器が異なり、巨大な爆弾が搭載されている。

炭素が弱点と判明したとき、もっとも有効な兵器は広範囲を焼き尽くすナパーム弾という話が持ち上がった。広範囲を焼き尽くすことにより酸素を燃焼させ一酸化炭素を発生させる。たとえ爆発の範囲外でも酸欠で死に至らしめる。ベトナム戦争で米軍が使用した兵器は非人道的な兵器として酷評された。しかし炭素が弱点となるグラキエスの体の内部には到達できない。

さらにいかに広範囲に適した爆弾とはいえ、広さに限度がある。もっと無差別的な破壊力が必要だ。

米軍では10トン近い重量を誇る大型爆弾だ。しかしそれでは搭載できる飛行機が限られてしまう。効果的に広範囲に爆弾を投下するには、相応の機動力が必要となる。

ＡＤＥＭがＶＴＯＬ機に搭載した兵器は、米軍のそれと遜色ない性能で、重さはわずか1トンで十分の一近い軽さだ。ぎりぎり戦闘機に搭載できる重さになる。

それだけでも戦略的に大きな幅ができてくる。

それでもグラキエスの進行を止めるには心許（こころもと）ない。効果的にグラキエスの進行を止めなくてはならない。

最初の偵察機がグラキエスの様子を探り、詳細な分布図を作成する。

「目標クルメン、二十九体です」

クルメンとはグラキエスの中でも最大の大きさを誇る小山のような無機物生物だ。グラキエス進行の要となっている。

ＡＤＥＭ製ナパーム弾を搭載したＶＴＯＬ機を三十機発進させる。

広範囲に点在するクルメンめがけて、ＶＴＯＬ機からナパーム弾を投下する。爆発の衝撃をクルメンに効果的に当てるためには、相応の精緻な爆弾投下が必要になる。

「27号機、爆弾投下用意」

「11号機、爆弾投下用意」

全ナパーム弾の準備が整ったことを知らせる。

「全機、投下開始。弾着まで5、4、3……」

作戦の最初の重要な場面にさしかかっていた。


次々と送られてくるナパーム弾投下の報告。

デジタル画面上では、味方を表す青い光点と敵を表す赤い光点が接触し、いくつかの光点が消えるということを繰り返しているだけだった。ナパーム弾が投下された場所は広範囲に赤い光点が消滅している。

なんとも味気ない光景だ。テレビゲームのほうが何倍も臨場感のある戦闘画像を表示する。しかしだからこそ福田(ふくだ)は思う。

――いつ見ても怖いな。

徹底したリアリティの排除。必要かつ最小限の情報は、感情を排し戦闘を効率的に処理するのに優れている。その画面になれてしまうと、思考はやがて赤い点を効率的に減らす作業だと錯覚してしまう。

黒川(くろかわ)はいつも作戦モニターの横に、VTOL機や戦車、兵士のカメラの映像を流していた。戦略的にさほど意味がなくてもだ。非情な判断を下すときも、現実を見据えるのを忘れなかった。ただ敵である赤い点を消すだけの作業にしなかった。福田も黒川にならい、VTOL機のカメラの映像をいくつか作戦モニターに流している。

爆弾が直撃したクルメンの体表にはヒビが入り、拡散した燃料が引火して大量の一酸化炭素が発生し、グラキエスの核へと忍び込む。クルメンは十数秒で動かなくなり、崩壊していく。

小型のグラキエスは炎を前に躊躇する動作を見せた。体表に核にまで届くヒビが入らない限りグラキエスには炎も一酸化炭素もものともしないのだが、それでも本能的に忌避する習性があるようだ。

「順調のようだな」

蓮杖がわずかに声を明るくして言った。しかし福田は素直にうなずくことができない。

「難しいのはこれからです」

作戦の第一段階は成功した。グラキエスの進行は目に見えて鈍った。しかしそれだけでは駄目だ。広範囲を焼き払いグラキエスの毒となる炭素が含まれた気体、一酸化炭素の濃度をあげたところで、進行は一時的に止まるだけだ。

「籠城作戦フェーズ1成功。作戦はフェーズ2に移行する。繰り返す。作戦はフェーズ2に移行する」

フェーズ2はバンカーバスターの投下だ。ナパーム弾の作戦に似ているところもあるが、決定的に違うことがある。バンカーバスターの目標はグラキエスではなく地中だ。地表の次は地中にダメージを与えなくてはならない。

闇雲にバンカーバスターを投下するわけにはいかない。地中のグラキエスの巣の正確な情報が必要だった。四十七発で基地全体を取り囲むように地面を崩さなければならない。

いまなお調査は終わらず、待機状態が続く。グラキエスの足止めにも限界がある。優勢なのもほんの一時だ。

炎の壁が消えないよう爆弾を投下し続けるしかないが、搭載されている兵器は無限ではない。いずれ底をつく。いまでこそ派手にグラキエスを破壊し侵攻を止めているが、ひとたび攻撃の手を休めれば、たちまち基地はグラキエスに呑み込まれるだろう。

上空から見えるグラキエスの群れの赤い光は地平の彼方まで絨毯のように大地を覆い尽くしている。

残された時間はあまりなかった。

20

戦局が見えない地下の中で、モニターの情報だけが頼りだった。

『以上をもって指揮権は完全にフリーダム側に委譲された。損耗率はあがったが、前線の後退速度は3パーセント下がった』

由宇の犠牲をゼロにしようとするやり方と犠牲もいとわないフリーダム側の違いは、わずかだが数値に表れていた。

『これで本来おまえがすべきだった作業に取りかかれるな』

「その前にミツバチによる探索範囲だ」

『心配するな。必要探索範囲の73パーセントまで進んでいる。この調子でいけば五分後に探索が完了する』

マモンが二人の会話に割り込んでくる。

「ねえねえ、指揮する立場なのにどうして地下に引きこもってるの？　やっぱり地下が好きなの？」

マモンの疑問はもっともだ。由宇が一時的にせよ指揮権を持つならば、本来は指揮をしやすい地上にいるべきだった。ミツバチの散布だけならば八代とマモンに任せておけばいい。データの受信は地上でもできる。

「好きなわけないだろう！　地下にいるのはちゃんとした理由がある」

「そうそう、由宇君はモグラのお姫様なんだよ。でもこの分だと地下に取り残される心配はなさそうだね」

「え、どういうこと？」

「地上の作戦が成功するとは限らない。由宇君はね、最悪の状況も考えて地下にいるんだ」

「最悪の状況って……まさか」

マモンはそれがなんであるか思い当たり青くなった。

「そう。地上でロシア軍やLC部隊の隊員部隊が全滅して誰もいなくなっても、通信手段さえ確立できれば、地下で一人だけでも活動できる。もちろん、基地の占拠を許したとなれば、グラキエスはうようよいるだろうし、設備のほとんども使えなくなるだろう。ひとときも休まるときはない。それでも由宇君だけは死ぬわけにはいかない。最後の最後まで、グラキエスを倒す手段を、ここで模索する」

マモンは青い顔で震えて言う。

「ストレスで禿げそう……」

「いや、その感想はどうなの?」

「そこまでして、ここに何があるの?」

「探しているものがある。これがなんだか解るか?」

由宇がLAFIサードを操作すると、側面の一部が開いて、小さなチップがでてきた。

「ただのチップじゃないんだよね」

「七つの大罪、サタンの核だ」

由宇の言葉にマモンは考えるふうな顔をする。

「……サタン?」

「サタンの身体は窒素と酸素でできている。そしてこのチップはＩＦＣが変異したもの。つまりサタンはグラキエスの亜種だった。液体酸素の地底湖を見たとき、もう少し考えればたどり着けた結論だな」

「しかたないじゃないか。他にも気になることがあったんだから」

「気になることって？」

「僕、ここでサタンの写真を見たんだ。イワン・イヴァノフの部屋の写真立てに飾ってあった」

「彼の名前はヨアヒム・アグーチン。イワン・イヴァノフと同じく、二十年前まで旧ツァーリ研究局にいた子供達の一人だ。ソビエト連邦解体後、ロシア連邦保安庁に所属し、十二年前に行方不明になった。ＡＤＥＭの情報部の話では、イワン・イヴァノフと旧知の仲であったらしい」

「え、おかしいよ。僕がイワン・イヴァノフの部屋で見つけたサタンが写ってる写真のこと聞いたとき、誰なのかわかっていなかったよ」

「それは重要な情報だ。イワンが何者なのか知る手がかりになる」

「どういうこと？　知らないふりじゃなかったよ」

マモンのリーディング能力は非接触でも高い精度で相手の言葉の真偽をはかることはできた。それはリーディング能力というより、リーディングで真偽の答え合わせができるため、人はどのように本当のことを語り嘘をつくのか熟知できるようになったことが大きい。

「あ、もしかして」

八代はポンと手を叩いた。

「まさかスヴェトラーナさんと一緒で記憶が破壊されてる？　つまり旧式のブレインプロクシの弊害」

「でも首筋の後ろには何もなかったよ。普通のうなじだった」

マモンは自信たっぷりに言っている。

「よく見てるね」

「僕好みの綺麗な顔立ちだからね。じろじろ見ちゃった」

えへへと茶目っ気をだして笑うマモンに、八代は微妙な微笑みを返す。

「首筋ではなく腕より下の背骨にあるのかもしれない。失敗しても半身不随、上半身は動けるように。あるいは手術は失敗してソケットを作るまでにいたらなかったか。話がそれたな。元に戻そう」

由宇がＬＡＦＩサードを操作して表示したのは、何種類ものグラキエスと、それらを線で結んでいる画像だ。

「グラキエスの進化図だ。グラキエスは急激に進化したが、元をたどっていくと一種類に統一される。その最初期を探している」

よく見ると進化図の根元は一つだ。

「時期的には十二年ほど前のものになるだろう。それを見つけたい」

「それがグラキエスを全滅できる鍵となるんだね」

「そうだ。そのためグラキエスの元になったもの、ＩＦＣが保管されていたと思われる旧ツァーリ研究局、つまりこの基地を隅々まで探す必要がある。ただ残念だが、まだ手がかりが見つかっていない」

「ミツバチの探査はその調査も兼ねている？」

『そうだ。ミツバチの目的は三つ。地下空洞の地形調査。ロシア軍の資料に残っていない研究施設の発見。そして岸田博士の捜索だ』

直後にアラート画面が表示されて驚いた。

「な、なに？」

「落ち着け、ただのミツバチから送られてくるデータ異常だ」

慌てる二人からしてみれば落ち着いている由宇は、頼もしいというよりも腹立たしかった。たいしたことがないなら、もっとおとなしい表示にしてほしい。

『ミツバチデータに異常が発生した。いまデータを表示する』

モニターに表示されたのは地下空洞の地形データだ。グレースケールでデータの精度も最低限のものだが、地形を知るには充分だった。

そこに人の形らしきものが写っている。ただしブレた写真のように斜め横に歪に伸びていた。

「人の形？　それも複数？」

十近い人の形に酷似したものが写っている。

『あくまで地形を計測するためだからな。人のように動くものは正しく計測できない。グラキエスも同様だ。データの劣化具合から、人の形状であることは間違いないが、岸田群平の体格データと一致するかまでの判定は不可能だった。確率としては42・7パーセントといったところか』

八代とマモンは顔を見合わせた。二人はこのために地下に来たのだ。

21

「岸田博士、無事だといいけど」

周囲の警戒を怠らず、八代は慎重に目的地に向かって進んでいた。

明かりが照らした先に見えるのは青い色をした小さな地底湖だ。流れてくる冷気はこれ以上ないほど冷たかった。

「寒すぎると思ったらまた地底湖なの？　もうやだよ」

「ここは迂回しよう。人捜しで凍りづけになるのはシャレにならないからね」

「さんせー。早く離れよう。もう帰ろう。こんなやばいところいたくない」

「帰るわけにはいかないな。僕達には岸田博士を捜す責務がある。本当は岸田博士を守らなくちゃならなかった。なにがなんでもね。でも僕達……、いやこの責を君に負わせるのは酷か。伊達さんは僕なら岸田博士を守れると信じて任せてくれたんだ。その信頼を裏切った。このままおめおめと帰れるわけがない」

「だったらさっさと見つけて帰ろう。ああ、やだ。僕は寒いの嫌いなのに……。僕だけ戻れなんて言わないでよ。帰る場所がないのは僕も一緒なんだから。岸田のおっちゃん助けて、胸はって帰るよ」

「帰れなんて言わないよ。一人でグラキエスに襲われたらひとたまりもないからね」

「うわっ、ぶっちゃけた。ここはか弱い僕に安全なところまで引き返せって言うところじゃないの？」

「残念ながら僕もか弱いので。二人で力を合わせて生き延びよう」

「はあ、なんでこんなことになっちゃったかな。ＡＤＥＭの契約書にサインしたの失敗だった？　どう見ても悪徳商法だよね」

　マモンは文句を言いながらも、周囲への警戒は怠っていなかった。お世辞にも歩きやすいとは言えないごつごつとした岩肌の地面を身軽に進んでいるが、周囲の警戒は堂に入っている。

　――七つの大罪では非戦闘員って聞いてたんだけどな。

非戦闘員だったマモンが戦うようになったのは、峰島由宇の知識をリーディングした結果だ。とはいえ戦闘への適性を見せているのはそれだけが理由ではないだろう。元来の資質もあったに違いない。

ただそのような運命に追いやってしまったのは自分の罪でもある。七つの大罪の一人としてＮＣＴ研究所に攻めてきたとき、とどめをさせなかった。結果、マモンはさらに変異体の力を身につけて、体に大きな爆弾を抱えることになった。

――少し感情移入しすぎちゃってるな。

優秀な親族に劣等感を抱きドロップアウトしてしまった気持ちは解りすぎるほど解ってしまう。自分はＡＤＥＭに拾われて、マモンは七つの大罪に拾われた。少女と自分の違いはそれだけだ。

「別にあなたのせいじゃないから。それに悠長に考え事してる場合？」

いつのまにか周囲に静電気が発生している。いち早くその気配を察したマモンは、なぜかうんざりした様子で通路の先を指さした。

「一言で言えばハズレだね。ハズレ、スカ、不正解。岸田のおっちゃんはここにいなかった。あとなんかもうあいつらしつこい。くどい」

つぶやくと同時に放電が発生し洞窟内を明るく照らした。焦げ臭い匂いが周囲に漂う。

光がやむと数名のフルフェイスのヘルメットをかぶったコンバットスーツを着た人間が数名、

立っていた。

「まさか、いかずち隊？　このタイミングで？」

驚く八代(やしろ)の前にさらにもう一人立ちはだかる。イワン・イヴァノフの秘書をしている妙齢の女性、マーガレットの姿があった。

「ああいうのも怒髪っていうのかな」

静電気で逆立ったマーガレットの髪を見て、マモンはへらへらした態度をとっている。いかずち隊に以前痛い目に遭わされたことを忘れたのか、あるいは次こそはもっとうまく叩(たた)けると思っているのか。

ははんと文字通り鼻で笑いながらマモンは指を突きつける。

「見込み違いだったけど、問題ない。こいつら痛めつけて岸田(きしだ)博士の居場所を吐かせればいいんだから。僕達をこの程度の戦力でどうにかできると思ったら甘いよ。胸焼けするくらい大甘だよ」

「いや、油断はよくない」

さすがに場数を踏んでいる八代(やしろ)は、不用意に相手を侮(あなど)ることはしない。相手を過小評価しがちなマモンとは異なり、力量を的確に見抜く力はあった。

「何か、違うよ」

マーガレットの形のいい唇が、歪(いびつ)につり上がった。体がゆらりと前に一歩踏み出したかのように見えた。人というより蛇のような動きだ。

　その不気味さに八代とマモンは思わず一歩引き下がった。

「な、なに、こいつ人間なの？」

　マモンもここにきて相手の底知れない不気味さに気づく。

「いかずち隊みたいに身体改造されてると思ったほうがよさそ……」

　八代の言葉は途中で切れた。一気に間合いを詰めてきたマーガレット。それに呼応するかのようにいかずち隊が全員同時に動いた。

　距離にして十数メートル。人の身でも一秒台で到達できる距離だ。極限まで軽量化され身体能力を強化されたいかずち隊ならば、瞬き一つの間に疾走できる距離だ。

　しかし八代には心構えができていた。銃を構えると、即座にいっさいのためらいなくトリガーを何度も引き絞った。弾丸は狙い違わず、いかずち隊の一人に全弾命中した。コンバットスーツの防弾処理のできない関節部分を狙ったのは見事の一言に尽きる。

　隣ではマモンも同じように動いていた。いかずち隊が動くと同時に、いやそれよりも早くマモンは動いていた。高く跳んだいかずち隊の一人を、同じく跳躍し空中で腕をからめとった。そのまま背中に腕をねじり上げて、いかずち隊を下敷きに地面に落下した。ねじ上げられた腕の骨は間違いなく折れるはずだ。

「あれ？」

落下の衝撃で腕の骨を砕いたと確信したマモンだったが、粉砕の感触はなく、それどころか鋼のように硬い衝撃を受けて、関節技を極めているはずのマモンのほうが痛みに顔をゆがめる羽目になった。

「嘘だろ！」

隣では同じように驚いている八代がいる。

関節に弾を受けてもいかずち隊はいっさいのひるみを見せない。撃たれた腕をおかまいなしに伸ばしてくる。手のひらがいきなり大きくなった。そう錯覚したのは、腕の長さを越えて手のひらが迫ったからだ。

とっさに上体をひねり、頭をわしづかみされるのを回避したが、横目に見えたコンバットスーツからはみ出た腕を見て、マモンは驚きに目を見開く。

コンバットスーツからはみ出た異様に長い手。その中身は人の肉ではなかった。それどころか有機物ですらない。水晶のような透明な体。その中心部には血管のように赤いラインが走っている。

「え、なにこれ？　グラキエス？」

驚くマモンの下敷きになっていたいかずち隊のねじ上げられた腕が、いきなり倍以上の長さに伸びた。

マモンの体は伸びた分だけ持ち上げられ、ついには足が地面から離れた。

「どうなってるの？」

長い腕に振り回され、宙に投げ捨てられた。なんとか空中で姿勢を整え両足で着地する。しかし一気に間合いを詰めたマーガレットは腰にためた拳を一直線にマモンめがけて放った。いわゆる空手で言うところの正拳突きと呼ばれる技だ。

「わわっ！」

マモンは一直線に向かってくる拳を手のひらでいなして、カウンターで追撃しようとした。しかしその初手であるいなそうとした手があっさりとはじかれた。

がら空きになった脇腹にマーガレットの追撃の拳が炸裂（さくれつ）した。ダンプにはねられたかのようにマモンの体は横に吹っ飛んだ。硬い岩壁にたたきつけられる前に間に入ったのは八代（やしろ）だ。しかし勢いを殺しきることはできず、二人とも岩壁にたたきつけられた。

「ちょっと待ってよ。そいつイワンの秘書か愛人風情（ふぜい）じゃないの？　雑魚枠（ざこわく）じゃなかったの！」

マモンはすぐに立ち上がりわめく元気があったが、もろに背中を岩壁にぶつけた八代（やしろ）はしばらく呼吸困難に陥っていた。

「ぐ、ごほ……、だから油断しないでって……げほ、ごほっ」

「かばう必要なかったのに」

「いや、そうもいかない。か弱い女性は守らないと」

　マモンは無言でジャケットの前を開けると、アンチインパクトスーツを見せた。ミサイルの爆風を受けても無事でいられる衝撃の吸収力を持っている。壁にたたきつけられても、怪我を負うことはなかった。

「あのいけ好かないやつから返してもらったんだよ」

「先に言って……」

「だから心配無用」

　マモンは腰のナイフを抜く。

　対するはグラキエスの体を持ったいかずち隊と、奇妙な体術と力を見せたマーガレットだ。

「いかずち隊だっけ？　もう以前、圧勝してるからね。そのあとグラキエスの群れに不覚取ったけど、中身すかすか兵士相手なら余裕余裕余裕！」

「こ、このいかずち……隊は……、中身がグラキエスに、見えるけど」

「頑丈なだけだよ。僕の小型霧斬で粉々のドロドロにしてあげるよ」

　いかずち隊の一人がマモンに向かって走った。肉弾戦なら有利と判断したマモンは真正面からいかずち隊を迎え撃つ。

　つかみかかってきた手を霧斬でたたき落とす。霧斬の触れた場所は砕け散るはずだった。しかし甲高い音が鳴って、いかずち隊の腕は上に弾き飛ばされただけだ。身につけていたスーツが裂けて、中のクリスタル状の体が剝き出しになっている。

「本当にグラキエスの体だ」

驚く八代に舌打ちをするマモン。

「霧斬が効かない？」

マモンが霧斬を振っても相手の姿勢を崩すのが精一杯だ。服が霧斬によって切り裂かれ、上半身のクリスタルの体があらわとなったくらいだった。

「無駄よ。あきらめなさい」

マーガレットはしつこく攻撃を繰り出すマモンを冷めた目で見ている。

「ああ、なんか解っちゃった」

ほとんどクリスタル部分が剝き出しになったいかずち隊を見て、マモンは表情を歪めた。

「サタンがグラキエスだったなんて、いまになってようやく実感したよ。そうか、色々謎めいてたけど、解ればなあんだって感じだな。……なんないな。やっぱり謎だよ！　昔の写真じゃ普通の人間だったし、普通に話せたし！　元人間なの？　それとも人間を模して作られたの？　人間に寄生して成り代わるの？　とんだホラーだよ！」

一人わめくマモンにマーガレットは少しばかり面食らっていた。その様子を八代は興味深く観察していた。

——相手の攻撃が手ぬるい。本当に倒すなら大勢でけしかければ、すぐに決着がつきそうなものなのに。

ただの余裕かそれとも別に理由があるのか。あるとしたらその理由はなんなのだろう。

「ねえ僕もうこの兵士の相手飽きたんだけど、面倒くさい、つまんない、張り合いがない！」

マーガレットが手を上げると、いかずち隊が下がった。代わりにマーガレットがマモンの前に立つ。

「お姉さんが相手をしてくれるの？」

「いいわ。私が相手を……」

マーガレットに笑顔を向けたまま、マモンの右手だけが蛇のように動いて、容赦なく細い首筋を狙った。えげつない先手必勝だ。

マーガレットは避けられない。否、避けることをしなかった。甲高い音が鳴ってマモンの霧斬ははじかれる。

「こいつもグラキエス！」

驚くマモンの脇腹にマーガレットが右の拳をたたき込む。先ほどは吹き飛ばされた。しかしアンチインパクトスーツが衝撃を無効化する。マモンはあえて腹で受け止めて、反撃に転じようとした。

だからマモンが片膝をつき、口から血を吐き出すなど起こるはずもなかった。しかし現実は、ありえないできごとが起こってしまう。アンチインパクトスーツに衝撃はほとんどない。ただ腹の中に衝撃が来た。

マーガレットはさらに振り上げた拳を容赦なく振り下ろした。マモンはかろうじて転がって逃げた。

混乱するマモンに今度は八代が前に出た。

「たぶんグラキエスの特性を使ってるんだ」

「特性？」

「どういうこと？」

「振動で会話するのはもう解ってる。霧斬を無効化しているのは、振動に振動を重ねているからだ。物質の結合力を弱める固有振動を、グラキエスが振動を重ねることで無効化していた」

「ああ、うん、もう解った。いまの愛人秘書のパンチが効いたのも同じ理由だ。中国武術じゃ内勁っていうんだっけ。おじいがよくやってた」

マモンの言うおじいが誰のことかすぐに思い当たる。七つの大罪のルシフェルだ。報告ではパワードスーツの上から中の人間を破壊したという。

なんとか立ち上がったマモンはよろけてしまうが、八代がすぐに抱きとめた。

「人間に寄生しちゃったり、振動でいろんなことできたり、けっこう万能生物だね」

「あなた方はすぐには殺しません。いま何をしようとしているのか教えなさい」

マーガレットはそばに飛んできたミツバチを指でつまむ。たやすく捕まえることなどできるはずもないのだが、なんなくやってのける。

「これはなんですか？　見たところ、地下空洞を探索しているようですが、なんのためにしているのでしょうか？」

指ではじかれたミツバチを、八代は手のひらで受け止めた。軽量だが硬い合金でできているはずの球体の身体がひしゃげていて、中から粉のようなものがこぼれ落ちていた。

「いやあ、作戦の全容はあまり知らないんだよね。ほら、こうやって捕まって情報が漏洩するかもしれないでしょ」

「捕まってない！」

八代の軽口にマモンはムキになる。

「殺そうと思えばすぐに殺せます。しかし情報を提供すれば少しだけ生きながらえることができるかもしれません。もしくは私のように素晴らしい身体を与えられるかもしれませんよ」

ああ、そうかと八代は得心がいった。

マーガレットの手ぬるい攻撃の正体は、想像以上に人間くさいものだった。マーガレットは仲間が欲しいのだ。もちろんいま基地でどのような作戦行動をしているか気になるのは本当だろう。

しかしそれだけではこの手心は説明ができない。行動に不条理さがあったが、なんてことはない。本当に不条理な感情で動いていたのだ。

初めて会ったときはもっとクールな印象だった。

――もしかしたらこの女性がグラキエス化したのは最近のことなのか。

身体の変化に感情が整理しきれていないのかもしれない。

「グラキエスの身体になるというのは、少し怖いな」

拒絶ではなく、柔らかな否定で会話を続ける。

「そんなことはありません。変わる恐怖の先には、見違えるような世界が待っています。いままで知り得なかった感覚は……」

「待ってよ。僕は興味ないんだけど！　いまのままで充分なんだけど！　奥の手使うよ。使っちゃうよ！」

マモンが身体に変化を及ぼすほどの能力を使おうとしている。マモンが取り込んだ変異体の力だ。それがいかに危険かは由宇から聞いていた。使用は二回まで。三回目は命に関わると。

「いままで何回使ったの？」

「一・五回、……一・二回くらい？」

「なにその中途半端な数字？　ちょっと使っただけでも一回って数えるからね。つまりもう君は使っちゃ駄目だ。ここは僕に任せて」

不満顔をするマモンの横をミツバチが横切る。洞窟内には何万という数が飛行している。視界のどこかで常に飛んでいるといっていい状況だ。

警戒心を高めたマーガレットだが、ミツバチは何かするでもなくそのままそばを通り抜けて横穴の奥へ消えていった。

「言いなさい。これはなに？」

そばを飛ぶミツバチを叩き潰すが、その間にも何体ものミツバチが洞窟の奥へと消えていく。

「遺産技術だよ。ただし一般公開されている技術。ミツバチっていって、閉鎖された空間の環境維持のために使われるものなんだ。いまはそうだね、洞窟の構造を調べている。いざというときの逃げ道を探るためにね」

「地下空洞は複雑怪奇です。とても逃走経路に使える場所ではありません。あきらめなさい」

マーガレットは八代の小さな嘘には気づかない。

「本当は違う目的かもしれないけど、さっきも言ったように詳しくは聞いてないんだ。ただ何をしようとしているか、推測くらいはできるよ」

八代の言葉にマーガレットは気をとられている。

「ミツバチっていうくらいだからね。受粉をする機能もある。ただ一つ違うのは運んでもらうのは受粉用の花粉ではなく、炭素の粉末やアルミニウムだと思うけど」

マーガレットは落胆と安堵の表情をした。

「グラキエスの弱点が炭素だから粉末をばらまくつもり？　そんな方法で倒せるものですか」

由宇が以前、燃焼による二酸化炭素の増加でグラキエスを破壊したときは外殻にヒビが入っていて核にまで二酸化炭素が届いた。しかしいまの状況はまるで違う。

「ミツバチみんなどっか行っちゃったよ」

マモンが喜怒哀楽激しく話す様をマーガレットは黙って聞いていた。彼女の言う通りこの状況で炭素はさほど脅威にならない。

「受粉の作業中だからね」

八代は懐から銃を抜き構えた。自分に向けられた銃口を見てマーガレットは一瞬表情を歪めたが、すぐに嘲笑へと移り変わる。

「あなたの銃、どう見ても信号弾にしか見えないのだけれど」

「ははっ、そうだね。僕の目にもそう見えるよ。このあたりの受粉が終わったみたいだからね。次はこれの出番なんだよ」

「馬鹿にしているの？」

「ここまでヒントを出したのに、気づかないなんて。馬鹿にされてもしかたないと思うよ」

八代は軽口をたたきながら引き金をひいた。

しかし本来狙い通りに発射されるものではない。信号弾の速度も遅い。いかずち隊の運動神経ならば回避もたやすい。

しかし回避する必要すらなかった。信号弾は明かりを発しながら、マーガレット達の頭上を越えて、背後の洞窟の奥へ消えてしまった。

一瞬気がそがれた瞬間に動いたのは八代だ。クナイを両手に持ち打ち鳴らす。音で相手を攻撃する雷鳴動だ。ほんのわずかグラキエスであるいかずち隊の動きが止まる。

信号弾は陽動で八代の雷鳴動を放つ機会を作ったのか。一瞬の体の停止にマーガレットは警戒した。

しかし八代はマモンの身体を抱きかかえるとその場に伏せた。相手が次の攻撃をしかける前に硬直はとけるはずだ。

――この男、何をした？

「殺せ！」

マーガレットが叫ぶのとほぼ同時に背後が光り、とてつもない衝撃と爆発音がマーガレットといかずち隊を包み込んだ。


マモンは何が起きたのかよく理解できなかった。突然、洞窟の奥がなぜか爆発した。その前に八代が自分をかばうように覆い被さっていた。

先ほどまでマーガレット達がいた洞窟の崩れた姿を見て、地面に伏せていたマモンは唖然とする。

大量の瓦礫は八代とマモンにも降りかかっていた。しかしそのほとんどを受け止めたのは八代だ。

「ちょ、ちょっと！」

瓦礫をのけて起き上がる。頭から血を流している八代はうっすらと目を開けた。

「やあ、無事だったみたいだね」

「なにかばってるんだよ！　僕にはアンチインパクトスーツが！」

八代の指先がマモンの胸元を指さす。そこには衝撃を吸収するはずの球体があるはずだったが、ほとんど割れてしまっていた。これでは衝撃が吸収できない。

「いまはただのスーツだよ」

「だったら教えてくれれば！」

「教えたら僕の作戦が気づかれる可能性がある。それに僕の服には由宇君が作った防弾防刃コートのスプレーがかけてある。これがベストなんだよ」

しかし防弾防刃機能は爆風の衝撃まで吸収するようなものではない。八代は顔をしかめながらなんとか体を起こした。

「……なにが起こったの？」

マモンはいまだ状況を把握しきれないでいた。

「いやあ、昔の鉱山さながら生き埋めになるところだったよ。昔の技術とはいえ、液体酸素爆弾もバカにならないね」

「ば、爆弾？」

「だから液体酸素爆弾、百年以上前からある技術さ。液体酸素と炭素を混ぜ合わせるだけのお手軽強力爆弾。まともな頭をしてたら、こんな洞窟内で普通使う？」

「じゃあミツバチの運んでいたものって……」

「そう、液体酸素爆弾の材料。あのモグラのお姫様は地下で大爆発を起こすつもりらしい」

マモンがおそるおそる自分達が走ってきた洞窟の横穴を見る。完全に崩落していて、崩れた岩で塞がってた。岩と岩の間に挟まれて、身動きのとれなくなったいかずち隊の姿が見える。一歩間違えれば自分達も同じ運命だったことに背筋が寒くなった。

「なんなんだよもう。下手すると死んでたよ。危機一髪、九死に一生、七転び八起きだよ」

文句を言うマモンの表情もこわばっていた。

「まあ、いまは助かった奇跡に感謝しよう。……いたたたっ」

八代は弱々しく笑うと、痛みに顔を引きつらせた。

「う……が……」

瓦礫の下からうめき声が聞こえてくる。しかし人のそれとは異なる音声だった。

マーガレットが巨大な岩の下敷きになっていた。普通なら死んでいるが、マーガレットはかろうじて生きていた。グラキエスの身体が彼女を生きながらえさせていた。

すさまじい形相で二人を睨んでいる。

「やあ、生きてるなんて運がいいね」

マモンはそばにしゃがむと天使のような顔で微笑む。

「もちろんあなたがって意味じゃないよ。あなたにとっては運が悪かった。だって絶対岸田のおっちゃんの居場所知ってるよね。ちなみに僕の特殊能力知ってる？　知らないよね。特別に教えてあげる。リーディング能力。記憶を読み取ることができるんだ」

マーガレットの頭を手に取ると、首にヒビが入った。

「あらら、だいぶもろくなってるね。大丈夫、僕は綺麗な人には優しく丁寧に接するのが信条なんだ。ふふ、嫌だと言っても駄目だよ。もう動けないいんだから」

マーガレットはおののく。目の前の少女の青い瞳には確かに常人ならざるものが宿っていた。

「リーディング能力って、大丈夫なのかい？」

「変異体と違ってリーディングは僕自身の力。だから回数制限なんて関係ないよ。さあ、あなたの頭の中を見せてよ。その代わり、僕のも覗かせてあげる。なかなか刺激的だよ。ふふ、正気でいられたらだけどね」

マモンの額がマーガレットの額に触れた。

双方向のリーディング能力。マモンの記憶とマーガレットの記憶が混じり合う。その異常に耐えられる人間はほとんどいない。かつて耐えたのは峰島由宇一人だ。

マモンの額に玉のような汗が浮かんだ。マーガレットは口を大きく開け、声にならない悲鳴を上げ続けた。

22

遠くから爆発の音が聞こえた。

頭上から落石が降ってきたが、由宇は最低限の移動でそれをかわした。

『爆発が起こった。方角と距離は二人が向かった場所と一致する』

「ミツバチで観測できなかったのか？」

『あくまで地形を観測するためのエコーロケーションだ。リアルタイム観測に向いてない。何人かと対峙していることまでは観測できているが、精度の高い情報は無理だ。それに周辺に爆発地周辺は落石が多く、ミツバチを送れるのはもう少しあとになる。状況が改善されたら情報を送ろう』

「接触した相手方に岸田博士がいるかどうかも不明か？」

『不明だ。いまは他人を心配している余裕はないぞ。まだ作戦の要ができていない。どれだけ手段を模索しても百発以上のバンカーバスターが必要になる。フリーダムが搭載している数はその半分にも満たないぞ』

「ないものねだりをしてもしかたないだろう。手の内でできることをするしかない」

由宇は百ヶ所以上必要な破壊ポイントを四十七ヶ所までに絞り込む。

「この作戦は必ず成功させる。最善の解法を構築し伝えるのが私の責務だ」

　そう言って由宇はフリーダムに作戦の詳細を送った。

23

　由宇からの指示を受け取ったフリーダムでは、作戦行動に追われていた。めまぐるしく進化するグラキエスにＶＴＯＬ機の兵装を次々と換装し対処する。そのようなやりとりが一時間ばかり続いた。作戦の実行時間としては決して長い時間ではない。しかしそこで行われる行動の密度は濃く、時間以上の疲労を感じていた。

　そんなとき待ちに待ったバンカーバスターの投下ポイントが、地下の峰島由宇から送られてきた。全部で四十七ヶ所。普通の着弾ポイントと違うのは、爆破する地中の深さまで指定されていることだ。

「本当にこれだけの爆弾で、崩せるのでしょうか」

　怜はいま一つ納得のいっていない表情をしていた。福田も内心同じ気持ちだ。経験上、これだけの爆発物でこの広大な面積をカバーすることはできない。

　しかしそのような個人の感情など戦場では意味がない。まして作戦立案者は峰島由宇なのだ。バンカーバスターを積み込んだ各ＶＴＯＬ機に着弾ポイントを送る。準備はすぐに整った。

「投下開始」

福田の命令に全四十七機がいっせいにバンカーバスターを投下した。高度2000メートルから投下された爆弾が地面に到着するまでのカウントダウンが始まる。

「5、4、3、2、着弾いま」

計四十七発のバンカーバスターが地面に激突した。通常の爆弾と違って着弾と同時に爆発はしない。バンカーバスターはその名の通り、地中の施設を破壊するための爆弾だ。

振動計が揺れ動き、地中で予定通り爆発したことを示した。

「B5、B18、B22、B24の爆発を確認。B1およびB2、B8、10、15……。訂正します。B1よりB47までのすべてのバンカーバスターの爆発を検知しました」

司令室に歓声が湧いた。

しかし歓声も徐々に小さくなる。騒がしかった司令室が徐々に静かになっていく。

地面の底から響く爆音に一時期は静かになったグラキエスだが、何も起こらないことが解ると、再び前進を開始した。

地面は相変わらず存在しており、グラキエスが向かう先にはクラスノヤルスク中央基地があった。

24

爆発の震動の中、八代はマモンを抱きかかえて走っていた。塹壕作戦の最後の工程が始まった。

ＬＡＦＩサードと由宇によって計算しつくされた爆破ポイント。爆発物によるビル解体のように、地下空洞は崩れ、渓谷と見まがうほどの塹壕ができあがる。キロ単位の規模のそれを塹壕と呼べるかどうかはともかくとして。

「ちょっと、下ろして！　一人で歩ける！」

マーガレットの記憶をリーディングしたマモンは無事ではいられなかった。人とは異なるモノを読み込んだ代償は大きい。様々な障害が起こってしまった。とくに運動野への影響は著しく、ほとんど歩けないほどだ。

「こういうときくらいは年長者の言うことを聞く」

「うわあ、パワハラだあ。ついでにセクハラ。あまり僕の身体ベタベタ触らないで！」

もがこうとしても身体にほとんど力が入らない。

「君は無茶をしすぎる！　リーディングでこんなに負荷がかかるって解ってたらとめたのに」

「とめてどうするの？　なんの手がかりも得られないし、何もできない僕に価値なんてないよ」

二人を押しつぶすには余裕すぎる大きさの巨大な岩が次々と落ちてくる。

「はあ、二人とも生き埋めになることないって。それにほら、僕を助ける価値なんかないよ。人いっぱい殺したし、なんならあなたのお仲間もいっぱい殺したよ。助ける価値、ないよ？」

「だったら生きて償え！」

思いのほか強い口調が返ってきたことに驚いたマモンは青い目を丸く見開いたまま、必死の形相で走る八代の横顔をじっと見た。

「ああ、そうか。僕のリーディングデータ欲しかったんだね。そっかあ、岸田のおっちゃんの居場所、ぜったいに知りたいもんね。そりゃ助けないといけないか」

八代の怒ったような横顔は何も答えなかった。しばらくその横顔を見ていたマモンだが、そっと顔を近づけた。

険しい横顔にマモンの唇が触れた。八代の脳裏に突然、地下の地形データがインプットされる。

「いまの事故！　額をうまくつけられなかったんだ。ほら、これがあの愛人から読み込んだ岸田のおっちゃんの居場所。これでもう、僕を助ける理由がなくなったでしょ。だから下ろしてももう大丈夫だよ。さあ、ぽいって捨てちゃおう」

しかし八代の手がマモンを離すことはなかった。それどころかますます強く抱きかかえ、さ

らに速く走った。

「ああ、ああ。面倒くさいのに捕まっちゃったなあ……。償いかあ……」

どこかうれしそうに、マモンはつぶやいた。

崩落に巻き込まれることなく由宇が待っているエレベーターの場所にたどり着けたのはほとんど奇跡といってよかった。

由宇はエレベーターの入り口でLAFIサードを抱えて待っていた。

「その様子だと岸田博士はいなかったか」

「落ち着いてる場合!?　早く逃げよう!」

八代はマモンを抱きかかえたまま、しばらく空洞を見上げていた。とはいっても膨大な広さの空洞の天井は高く、何かが見えるわけではない。ただ二人は何かを期待するかのように固唾を呑んで待っていた。

「震動、収まったね」

「……だね」

マモンの言葉に八代も短く同意する。

「なにも起こりそうにないんだけど、どういうこと?」

「さあ、僕に聞かれても……」

「おかしいでしょ！　爆弾で洞窟と地面崩して、グラキエスみんな生き埋めにしよう作戦じゃないか！　なのに何も起こらないよ！」

「そうだね。由宇君、これはどういう……」

「さてと、ここも撤収しないとな」

由宇は肩に落ちた埃を振り払い、あくまで落ち着き払った態度だ。

「え、ちょっと待ってよ。作戦はどうなったの？　まだ何も起こってないんだけど。地面崩れてないよ。このままだとグラキエスは落ちないよ。基地はどうなるの!?」

マモンを無視して、由宇は落ち着いた足取りでエレベーターに向かう。

「どこに向かう気？　バンカーバスターで地面が崩れるんじゃなかったの？　基地のまわりに大きな谷間を作って、防衛線を確保するんじゃなかったの？」

「四十七発のバンカーバスターでか。さすがにそれだけでグラキエスを食い止めるほどの崩落を起こすには足りないだろう。どうやってそれだけの爆弾で、10キロメートルもの長さの地面を崩せると思うんだ？」

由宇の物言いにマモンは絶句したまま何も言い返せなかった。

その間にも由宇はエレベーターに乗り込んでしまう。八代も慌てて追いかけるが、マモンは閉まろうとするドアを不自由な身体で無理矢理押さえつけた。

「た、足りなかったって……、じゃあいままで僕達はなんのために行動していたんだよ！」

「ともかく落ち着こう。グラキエスもすぐに動き出さないかもしれない。次の対策を練る時間はまだある」

「希望的観測だな。これまでの傾向からして、グラキエスはすぐに侵攻を開始するぞ」

「ふざけるなっ！」

再び暴れ出したマモンをなだめていると、背後でドアが閉まりエレベーターは上昇を始めた。

「だからやめるんだ。由宇君の言い方もよくないぞ」

「私は事実を言っているだけだ。地面を崩すには火力が足りなかった」

「そのために液体酸素爆弾も利用して大爆発を起こさせたんじゃなかったの？」

「それでもまだ足りない」

「解ってたなら、みんななんのために危険なまねをして作戦を実行したんだよ！」

「由宇君も一か八かだったんだ。そこは解ってあげよう」

「私は一か八かなんかしないぞ」

上昇するエレベーターにわずかな揺れが加わった。

「なに？」

「グラキエスの侵攻が始まったんだ。いまごろ数千ものクルメン、何十万ものグラキエスが基地に向かってるだろう」

マモンと八代の顔が青ざめる。

「向かってるだろうって、最悪じゃないか！　どうして崩れないんだよ！」

「だから言っただろう。バンカーバスターや酸素爆弾だけでは足りなかった。それだけのことだ」

由宇の態度はあくまで冷静だ。

「だからもう一つの力を借りる必要があった」

由宇の背後、エレベーターシャフトのガラスの向こうで何かが光った。細長い光が、ヒビのように広がっていった。

「え？」

マモンと八代は何が光ったのかよく見ようと目をこらす。ヒビのような形をした光は天井から差し込んでいた。

光の中から何かが落下してくる。それがなんであるか解ると、マモンは口を大きく開けたまま、瞬きさえ忘れた。

それは落下してもがいている巨大なクルメンだった。何十メートルもある巨体が上空から差し込む光をなぞるように天井から奈落の底に落下した。

落下物はどんどん増えていった。崩れた天井の瓦礫、様々なグラキエス。

「バンカーバスターと酸素爆弾の他にもう一つ、グラキエス侵攻のさいに生まれる負荷が必要だった。そのために足止めをして、力を蓄えさせた。あとは崩壊寸前の大地の上で侵攻が始まれば、グラキエスの重量に耐えきれなくなって地面は崩れる」

由宇の説明をどこまで聞いているか。マモンも八代もエレベーターの外の光景に心を奪われていた。

空洞の壁や天井が次々と崩れて、落下する瓦礫の中に無数のグラキエスが混じっていた。空中でなすすべもなくもがきながら、遥か底へと落ちていく。

空洞内はますます明るくなる。反対側の岩肌も見えるようになり、天井の割れ目からは空が見えるまでに広がった。

「だったら最初からそう言えばいいじゃないか！　どうしてあんな意地悪な言い方をするの！性格悪すぎる！」

マモンはガラス窓に張り付いたまま、抗議の声を出す。これに関しては八代も同意だ。由宇の言い方は誤解されてもしかたない。

「それはすまなかった。何か大事なことを忘れているような気がして、気になって上の空だったんだ」

まったく悪く思っていないように見えたが、上の空というのはどことなく納得ができた。いまも由宇は心ここにあらずといった様子だ。

「大事なことってなんだい？」

「だからそれを忘れて……あっ」

由宇は思い出したのか困った顔で頭をかいた。

「どうにもうっかりしていた。地上に送る作戦に気を取られすぎて、私としたことが一つ計算し忘れていたことがあった」

崩壊が進むと震動が大きくなった。エレベーターの箱とシャフトがぶつかって、ガラスにヒビが入る。

「このエレベーターの強度だ。ここが崩れるようなことはないが、揺れは計算していなかった。うかつに乗るべきではなかったか。いやあのまま残っていたら、落下した瓦礫やグラキエスに押しつぶされる可能性もあるか。ふむ、悩みどころではあったな」

「なにのんびりしてるんだよ！」

由宇が語っている間にもガラスのヒビはどんどん増えていった。

「なるようになるだろう」

「ケセラセラの精神は嫌いじゃないけどね、さすがに今回ばかりは勘弁してほしかったかな」

八代のうさんくさいと称される笑顔も引きつっていた。

震動が響くたびにガラスのヒビは増え続ける。ガラスはもはやほとんど曇りガラスだ。

「もっと思うか？」

由宇が風間に問いかける。

『不確定要素が多く、正確な計算は不可能だ。まあ五分五分といったところだろう。ロシア軍部が手抜き工事をしていないことを祈ろう。さすがに自国の重要施設にモンキーモデルのような劣化版を採用したりしないだろう』

またもやガラスに大きな亀裂が入り、エレベーターの箱が傾いた。

「だといいよね」

マモンは祈るようにつぶやいた。

25

基地周辺から始まった地面の崩落は雪崩式に周囲へ広がっていった。

基地目前まで迫っていたグラキエスは急に崩れた地面に対応することはできなかった。雪と岩もろとも、奈落の底に落ちていった。

崩落は基地の前方だけにとどまらず、まるで羽を広げるように左右の地面をも呑み込んでいった。地面の上にいたグラキエスはことごとく崩落に呑み込まれた。

崩落はどこまでも広がり続ける。グラキエスは次々と落下する。運良く無事な地面にとどまったグラキエスも、うしろから押し寄せてくるグラキエスの勢いに押されて、転がり落ちてしまう。まるでナイアガラの瀑布のようにグラキエスは次々と落下した。

そしてなお崩落は止まらない。基地の目前から左右に広がり続ける。何キロも伸び続けた。崩落の震動は日本やヨーロッパ、オーストラリアや南米でも観測されるほどだった。

やがて基地を完全に取り囲む形で、10キロ以上の長さの渓谷ともいうべきものができあがった。深さも尋常ではなく、数百メートルから1キロ近い深さまであった。

そこにいた数十万のグラキエスのほとんどは崩落に巻き込まれて、谷の底に消えた。それだけではない。崩れた空洞の中には数百万のグラキエスがいた。

それがものの十数分の間にほとんど全滅した。巨大な岩に押しつぶされたか、何百メートルもの落下の衝撃に耐えきれなかったか、あるいは運良く生き残っても、酸素爆弾が燃焼して地面の底に充満した二酸化炭素がヒビ割れた体から核に入り込み、崩壊してしまったか。

生き残ったグラキエスのほとんどは空を飛べるものだけだった。それも戦闘機で次々と撃破されてしまう。グラキエスさえも戸惑い混乱している中、無人戦闘機のＡＩだけが淡々と敵を仕留めていった。

一連の様子が一番よく見えたのはフリーダムだった。まるで何かの冗談のような光景だ。見えない巨大な彫刻刀で幅1キロメートル、深さ1キロメートル、長さ10キロメートルの溝を、地面に掘ったかのような有様(ありさま)だった。

あまりの出来事に作戦成功の歓声すら湧かない。誰もが目の前で起こった大規模な現象に、ただただ呆然(ぼうぜん)とするしかなかった。言葉を失っていた。

人間のちっぽけさを大自然と比較して揶揄することはままあるが、いま目の前で起こったのは大自然でさえめったに起こらない大規模な出来事だ。それを可能にしたのはたった一人の少女の頭脳だった。

「やりましたね。見事なものです」

ことの成り行きを見届けていた人物の中で最初に言葉を発したのは怜だった。その言葉がきっかけとなりフリーダム内は大歓声に包まれた。

旧ツァーリ研究局にいたロシア兵やLC部隊のメンバー、避難民達の全員が喜んだ。

26

エレベーターのドアが開くと同時に由宇とマモンを抱きかかえた八代は外に飛び出した。同時にほとんど崩壊していたエレベーターシャフトは完全に崩れ、つい先ほどまで三人が乗っていた箱は地下深くへ落下した。

「ふむ、なるようになったな」

と由宇はあくまで落ち着いていたが、八代とマモンは真っ青になっていた。あと一秒遅ければエレベーターに閉じ込められたまま、奈落の底に落下していた。

「なるようになったじゃないよ！　なにがケセラケセラだよ！」

マモンの身体の不調はエレベーターが地上についても治らなかった。

「言ったのは私じゃないぞ」

「大丈夫だよ！　一人で歩ける！」

抗議をするマモンを無視して由宇と八代は、両側から肩を抱いて運んだ。マモンの足取りはおぼつかなく、到底歩けるような状態でないことはあきらかだ。

「どうして二人がかりなの。まるで僕が重たいみたいじゃないか！　力仕事は男に任せておけばいいんだよ」

マモンはふてくされた表情だ。

「一人より二人のほうが効率がいい」

由宇は淡々と言葉を返すだけだ。

「そうそう、さすがに僕も疲れたよ。ほらこうしてると、僕達すごい仲良しに見えるんじゃないかな」

八代はへらへらと笑って見せた。その態度はますますマモンを剣呑なものにする。

研究所を出ると、外はまだ慌ただしい雰囲気だった。

基地を一周するもはや渓谷とでもいうべき巨大な塹壕の前で、多数のグラキエスが立ち往生をしていた。時折無謀にも飛び降りるか、あるいは足場が崩れて落ちてしまったグラキエスは、そのまま1キロ以上も落下し、地面の底に激突しバラバラになった。

「うわあ、本当にあんな大きなものできたんだ」

マモンは目の前にある巨大な渓谷を前にひたすら驚嘆していた。先ほどまで文句を言っていたことなどケロリと忘れている。

それでもわずか1キロ先の対岸に無数のグラキエスがひしめいていると、普通は驚嘆よりも恐怖のほうが勝る。事実、多くのロシア兵はいまだ表情を引きつらせ、銃器を固く握りしめていた。

兵士達が緊張している理由はもう一つあった。彼らは渓谷の反対側と空にせわしなく目線を行き来させていた。

八代（やしろ）やマモンも兵士達と同じようにたまに空に目を向けていた。

「こんな大きな堀を作っても、飛んでくるグラキエスには意味ないんだね」

空中ではＶＴＯＬ機と飛行能力のあるグラキエスが絶えず飛び回っていた。いまなお戦闘は継続中だ。しかし当初と比べて脅威というほどではない。飛行型のグラキエスの攻撃力は地上のそれと比べるとたかがしれているし、なおかつ地上から援護攻撃をする余裕ができた。

「ほぼ想定通りの状況に落ち着いたか。このままＶＴＯＬ機の整備と補給を継続的に行えば、数日は持たせることができるだろう」

平静に見える由宇（ゆう）だったがどこか安堵（あんど）した様子を見せていた。

担架を持った衛生兵達が小走りに近づいてくるのが見える。

担架に乗せられたマモンは再びふてくされた顔をしたが、文句を口にすることはなかった。

「時間とともに運動野の能力も回復するだろうが、ＮＣＴ研究所に戻ったら今後の後遺症も考えて徹底的に検査をしたほうがいい」

「わかったよ。僕は一足先に休んでるから、あとはあなた達でがんばって。僕がいなくなって、いかに貴重な戦力だったか思い知ればいいんだ」

悪態をつきながらも、おとなしくしているのはそれだけ参っているのだろう。見た目以上に疲弊していた。

運ばれる前に、

「あとでお見舞いにきてよ。仲間はずれは嫌だからね」

と八代の袖を引っ張った。

マモンが担架に乗せられ運ばれていくのを見送ると、八代はそのまま壁によりかかった。

「はあ、これで一件落着？　ともかく少し余裕ができて休めそうでよかった。休めるよね？　これ以上こき使われるのは時間外労働手当をはずんでもらわないと。伊達さんと要相談かな」

おどけている八代をじっと見ていた由宇が口を開く。

「もう一つ担架が必要だろう」

「なんのことかな？」

「私の見立てでは左の第十肋骨が折れているぞ。第九にはヒビが入っている。打撲による骨折だ。崩落に巻き込まれたか？」

八代は力なく笑うと、脇腹を押さえた。

「いたたたっ……。いやあ、触診もレントゲンもなしでよくそこまで解るね」

由宇は眉をひそめて首をかしげた。

「症状は解るが隠している理由が解らない。怪我を隠してまで戦いたいというたちではないだろう？　むしろ怪我を理由にさっさと後方にまわりそうだ」

「僕ってそんなイメージ？　まあ、間違ってないけど」

「理由は解らないが、あの娘に隠し通したいのは解った」

「お気遣いありがとう。怪我の理由の半分は自業自得。さかしい作戦の代償だよ」

八代は拳銃型の武器を指先でくるくる回して、得意げにしている。

「信号弾で液体酸素爆弾を爆発させたか」

「いや、だからなんで解るの⁉」

驚くと同時に襲ってきた痛みに悲鳴を上げた。そのなさけない姿に由宇は息を吐く。

「銃の重心の違いから、一発撃ったことが解る。そこからの推測だ」

「銃の重心ってシャレ？」

「思ったより元気そうだ」

由宇が冷めた目で脇腹と叩くと、三度目の悲鳴を上げた。

「ともかく僕の拙い作戦に巻き込まれないように舞風君をかばったんだけど、それを気にされちゃ困るというか……。うん、ともかく知られたくなかった。隠し通せてよかった」

遠ざかるマモンを乗せた担架に送る眼差しは優しかった。

「隠すメリットはなんだ？　戦力は正確に把握させたほうがいい。ああ、そうか。マモンが裏切る可能性を考えているのか」

「裏切らないよ」

思いのほか強い口調が返ってきたので、由宇は一瞬言葉を詰まらせた。

「ただのやせ我慢だよ」

一瞬だけ見せた鋭さは霧散し、八代はいつもの口調に戻っていた。

「だからメリットが解らない」

「君がそんな調子じゃ闘真君も苦労しただろうね」

「なぜここで闘真の名が出る？　いま話している一件とは無関係だ」

八代は少しだけ悲しげな顔をした。

「由宇君は頭もいいし観察力も優れている。でも好意には無頓着というか、なれていないのだろうね。わかっていたことだけど。僕はね、ずっと後悔していることがあるんだ。五年前、恩を返せなかった一人の女の子がいる。一人さみしく地下室で膝を抱えていたその子になにもしてあげられなかった。いまでも後ろめたくて話すとどうしても気後れしてしまう。だから王子様が現れたときはほっとした。ちょっと物騒な王子様だけど」

　由宇はさすがに誰のことか察して、わずかに不機嫌な顔をした。

「勝手に哀れまないでくれ。私の望んだ人生でもある」

「うん、だからいままで言わなかったよ。これは助けられなかった女の子の話じゃなくて、後悔を引きずってるぐだぐだな僕の話」

「マモンに怪我を悟らせないのも、後ろめたさを感じさせないためか？」

「そう、これ以上舞風君を縛るものを増やしちゃいけない。僕の存在は羽根のように軽くていい」

「人には己を軽く見るなと言っている一方で、自分は羽根のように軽くていいか。とんでもない矛盾だぞ」

　八代は目を丸くして、数秒黙ったあと笑い出した。

「は、ははは、矛盾か。そうか、そうだった。そういう意味じゃ僕も彼女に救われたんだな。ははは……いたたたっ、笑うと脇腹に響く」

　マモンの唇が触れた頰をなでながら、八代は立ち上がった。

「舞風君がまっとうになるまでは面倒は見るつもりだよ」

『一生まともになりそうにないが？』

　それまで黙っていた風間が口を挟んできた。

「まあそのときはそのとき？」

『口調は軽いが覚悟は決まっている、ということか』

「僕が持っているものはすべてあげる覚悟くらいはしてるよ」

『突き返されないとも限らないだろう』

「受け取ってもらえるように努力するさ」

由宇は思案顔になり、

「遺産相続の話か？」

と自信なさそうに聞いてきた。

『……流していいぞ』

風間はこれ以上ないほど冷淡な声を出す。

「さて、こんな寒いところで話している僕らはとてもマヌケに見えるんじゃないかな？　暖かいところで暖を取りたいよ」

のろのろと歩き出すが、一歩歩くたびに痛いだのきついだの言うので、うるさいことこの上なかった。

「よくその状態で人一人抱えて走れたな」

「もう死にそうに痛かった。口を開ければ悲鳴がでそうだったから、ずっと歯を食いしばってた。自分でもここまで我慢強いとは思わなかったな。あいたたたたっ……」

「いまも歯を食いしばってくれないか。少しうるさい」

「由宇君には隠す意味ないでしょう。ともかく内緒にしてよ。僕はともかく舞風君はどうなの？　変異体の能力を一・五回使ったらしいけど、一・二回だったかな？　変異体の能力とは違うけど、グラキエスのリーディングも加わればかなりやばくない？」

「もちろん絶対安静だ。だがリーディング能力のダメージは一時的なものだろう。時間が経てば回復する」

「そうか。まあ差し迫った状況でなさそうなのは安心したよ、あとでお見舞いに行くか。ああ、そうそう」

八代は何かを思い出したとばかりにわざとらしく手を打つ。そして脇腹が痛み、無駄にもだえた。

「少しうるさいと言わなかったか？　少しは私なりの気遣いだ。本音を言えばかなり目障りでうっとうしい」

「気遣いゼロだよね？　それどころかマイナスに見えるんだけど！　ともかくお見舞いで思い出したんだけど、由宇君もお見舞いに行かないのかな？」

「私がお見舞いをしたところで、あの娘が喜ぶとは思えないが」

「違う違う。舞風君じゃなくて闘真君にだよ。大けがして身動きできないって聞いたよ」

八代の軽口に、しかし由宇は黙りこくってしまった。

「地下でも聞いたけど。喧嘩したんだっけ？」

何かを察したのか、八代にしては真面目な、そして優しい声で聞いてくれ。

『闘真の禍神の血の問題を解決しないかぎり会えないと思い込んでいる』

黙り込む由宇のかわりに答えたのは風間だ。八代は、まあ、ちょっと物騒な王子様だからね、と笑ったあと由宇の瞳をじっと見て言った。

「闘真君がどんな問題を抱えているにせよ、闘真君は闘真君じゃない？　自分に都合がいい闘真君だから好きなわけでも、世界の敵だから闘真君が嫌いなわけでもないでしょう？」

「簡単に言うな。……もし、選択を誤ったら」

「ほら、また悪い癖。モグラのお姫様と王子様の関係は命題じゃないからさ。正解が出るまで考えるようなものじゃないよ。会って話しておいでよ」

にこにこと笑う八代をじっと見つめていた由宇だが、ふいに強めに八代の脇腹を殴った。基地内に盛大な悲鳴がとどろく。

「ひ、ひどい……」

「折れた骨の位置を直しただけだぞ。感謝してほしいくらいだ。膝を抱えていた哀れな子供から、少しは気にかけてくれたことへのささやかなお礼だ」

たしかに由宇の言う通り少し楽になった気はするのだが、お礼と言うには少し痛すぎるのではないかと思った。

27

麻耶の元にシベリアから吉報が届いたのは夜明け前だった。眠れぬ夜にシティヘブンの執務室で仕事をしていた時だった。

由宇が遺産技術を使い、基地の周辺に塹壕というにはいささか大きすぎる渓谷と見まがうばかりのものを作り、グラキエスの侵攻を妨げたという。

「さすが由宇さんです！」

まだグラキエスに勝利したわけではないが、基地を橋頭堡として残せたのは大きい。ここから反撃が始まる。

普段守り目としてそして秘書としてそばにいる怜は、いまフリーダムに乗ってシベリアだ。秘書としての怜は完璧だった。いま臨時についている秘書は優秀だが、打てば響くの域にはほど遠い。

紅茶を一口喉に流し込み、少しだけ顔をしかめた。少し気持ちを和らげようとしたのだが、こちらもいつものようにはいかなかった。

対グラキエスは順調とは言えないまでもどうにか進んでいる。

ならば当面の問題は一つだけだ。明日、七つの大罪のルシフェルと面会することになっている。そのことを考えるとソーサーにカップを置く手が震えて、カタカタと音が鳴ってしまう。

事の発端は由宇がシベリアに出立する直前に会っていたときのことだ。


「遺産技術を解放しようと思う」

シベリアに出発する前日、由宇の決意を聞いた。

「それはとても勇気ある決断だと思います」

麻耶は神妙な顔でうなずいた。

——ああああぁぁ！

しかし頭の中では頭を抱えて叫んでいた。表面上はティーカップを手に取り、いつものようににっこりと微笑んでいたが、頭の中は大混乱中だ。

——どうしましょう、どうしましょう、どうしましょう！

以前、ルシフェルに由宇は戦いに遺産技術を使わない、それが彼女の理であり気高さであるのだと大見得を切ってしまったが、たったいま自分は嘘つきになってしまった。

——まさか由宇さんが自分自身に遺産技術を解放するだなんて！

次にルシフェルに会うとき、いったいどのような顔をすればいいのか。

内心では大混乱中の麻耶だが、美味しい紅茶ですこととのたまいながら、表面上は優雅に紅茶を一口飲む。

「どうした？　カップを持った手が震えているぞ」

大混乱の原因が指摘してくる。

「き、気のせいですわ」

いまルシフェルは比良見の地下にいる。つまり由宇がロシアで遺産技術を使って大暴れしようが、当面はばれない可能性が高い。

──そ、そうですわ。しらを切ってしまいましょう。

老人一人騙すのなんて真目家の人間にしてみれば、赤子の手をひねるよりたやすい、に違いない。

「今度は悪い顔をしてるぞ」

やや由宇と心の距離が離れたように感じた。


一台のシルバーのメルセデス・ベンツが、不釣り合いな荒野を走っていた。

「麻耶さんはルシフェルに会ったことがあるんですよね？」

後部座席の隣に座る麻耶に、萩原が話しかける。

「ええ、そうですわ」

麻耶はとても緊張しているように見えた。

麻耶が普段使っているメルセデス・ベンツのSクラス特別仕様車。この車に乗るのは萩原は二度目だ。無駄に大きくまったく揺れないのは相変わらずだが、今日はいつも運転席に座っている黒髪の麗人の姿がなかった。

かわりに真目家がつけた運転手とボディガード。自分はADEMから派遣された護衛という名目だ。麻耶と面識があることと比良見での監視経験をかわれての抜擢だった。

もう一人、ADEMからは武装した兵士のボディガードとして星野も抜擢されている。レプトネーターを小夜子と萩原の三人で撃退した功績からだ。といっても星野は初めて会う真目麻耶に緊張し、ずっと萩原の横で固まっている。その姿は闘真の友人、長谷川京一を思い出させた。

少しでも緊張をほぐそうと、萩原は麻耶に話しかけ続ける。

「あのスーパーおじいちゃん、やっぱり怖いですよね。俺も一回だけ遠くから見たことあったけど、生きた心地しなかったもの」

そのときのことを思い出してか萩原は身体をぶるっと震わせた。

「見た目はしなびたじいさんなのになあ」

とはいえ言っていることは根本的に図太い。

「今日は秘書の怜さんはいないんですね」

「ええ、シベリアに行ってもらっています。そちらも八代さんや環さんが行かれているんでしたわね」

坂上は、と言いそうになって萩原は口をつぐんだ。怜と麻耶しかいないのならともかく軽々しく口にしていい人物ではない。

比良見の爆発で吹き飛ばされた大地は、いまだに草一本生えていない不毛の地と化している。唯一残っているのがかつての峰島勇次郎の研究所だ。途中まで車で移動し、途中からは歩きとなった。

星野は初めて見る比良見の惨状に驚いているのだろう。足取りも重そうだ。かく言う萩原も緊張感が高まるのを感じる。

一行が研究所のそばまで来ると、一人の少年兵の姿があった。七つの大罪の一人、ベルフェゴールだ。どことなく雰囲気が闘真に似ている。彼と会うのは二度目だ。前回会ったときも少年は案内役として麻耶の前に現れた。

「おじいが待っている」

最初の時と同じ言葉同じ抑揚で話すと、少年は麻耶達を案内した。

麻耶達が案内されたのは、峰島勇次郎の研究所だった建物の屋上だ。

「ここに来るのは二度目になるかね」

座禅を組んで置物のように微動だにしていなかった老人は薄く目を開けると、目の前に立っている麻耶に向けて微笑みかけた。

「ご無沙汰しております」

麻耶は礼儀正しく頭を下げる。由宇の遺産使用のことをどうやってごまかそうか必死に頭を巡らせていた。

「何かやましいことでもあるのかね？」

ルシフェルは柔和に笑うが麻耶にはすべて見透かしたような表情にしか見えず、噴き出す汗の量が増えるばかりだ。

「な、何もありませんわ」

「ならばいいのだが。ああ、今日は青空が綺麗だ。かつてここで凄惨なことがあったとはとても思えない」

ルシフェルはあくまでも穏やかだ。その姿を見ていると麻耶の中で罪悪感が膨れ上がっていった。

「も、申し訳ありません」

突然の謝罪に目を丸くしたルシフェルに、自分が黙ってやり過ごそうとしていたことを堰を切ったように話し始めた。

「ですので以前に大見得を切って、由宇さんは遺産を使わないと言ったのが申し訳なく……」

「なんだそんなことを気に病んでいたのか」

老人は孫のイタズラを笑うかのような笑顔を見せると、目を細めた。

「あのときそなたが語ったのは、峰島由宇という少女の気高さと気概。手段が変わろうとも、人としてのまっすぐな生き様に変わりなければなんの問題もなかろうて」

「その通りですわ！」

麻耶は言質を取ったとばかりに、もとい我が意を得たとばかりに全力で同意した。隣で萩原と星野が思っていたお嬢様像と何か違うという顔をしていたが、そんなことは些細なことだ。

ルシフェルは立ち上がると、おぼつかない足取りで屋上の端までいくと荒れ地を見渡した。その姿に麻耶は違和感を覚えた。以前も老人そのものであったが矍鑠としていた。そのときに比べて覇気を感じない。

「おじい、あまり無理しないほうがいい」

ベルフェゴールが肩を貸そうとするが、老人は首を振って断った。

「かつてここで何があったか知っているかね？」

比良見の大爆発のことなら世界中の人が知っている。ルシフェルが言っていることがそのことでないことは明らかだ。

「はい。世界が溶けていくような光景を見ました」

――世界が溶けていく？

横で萩原はなんのことか解らないという顔をしているが、黙っているだけの理性はあった。心配なのはまた重要な機密情報を聞かされる羽目になるのだろうかという心配だ。給料は上がらないのに、ブレインプロテクトのセキュリティレベルだけは上がっていく。

「見たか……。つまりこの地で起こった出来事の再現を見たのじゃな？」

「はい……」

そのときのことを思い出し麻耶は己を抱きしめ身震いする。

麻耶が怜と比良見に来たとき、十年前消え去ったはずの比良見の街の幻が見えた。街は絵の具が溶けるように徐々に境界を失い曖昧になっていった。

比良見で幽霊が出るという騒ぎが起こったが、その正体は荒れ地に再生されるかつての比良見の様子の断片だった。

「当時の幻を見せる。この地の底にあるＬＡＦＩフォースとでもいうべきものの機能だと聞いています」

この地に峰島勇次郎が現れるという噂も立ったが、その正体も幻だった。麻耶も勇次郎の幻を見た。しかし幻は麻耶に話しかけるかのように振る舞っていた。あれも本当に幻だったのだろうか。

そしてもう一つ気になることがあった。あのとき白い帽子のつばの下から覗いた顔を見て麻耶は叫んだ。峰島勇次郎であるはずの顔は、兄の闘真の顔にそっくりだったのだ。

——あれはいったい……。

何か恐ろしい秘密が隠れているようで、嫌な予感に足の底から身体が冷たくなっていく。

「この地がざわついておる」

「ざわついている？」

麻耶は周囲を見たが、変化を感じ取ることはできなかった。

「ごくごく些細な変化だが。なにやら嫌な予感がする。何かが起こる前触れかもしれん」

ロシアのグラキエス問題に続いてこの地で何か起ころうというのだろうか。

「そなえておいたほうがよかろう」

また重大な出来事が起こる。比良見の大爆発以上のことを想定したほうがいいかもしれない。

ルシフェルの険しい横顔を見て、麻耶は一つの決意をした。

三章　禍神の血

1

坂上闘真は目の前にあるものを呆然と見上げていた。

簡単に言うならば、水晶でできた巨大な人間の脳だ。赤いラインは中心に向かうにつれ密度が濃くなり、中央部分が赤く発光しているかのように見える。

「……これって、脳の形をしたグラキエス？」

一戸建てくらいの大きさはある巨大な脳の形をしたグラキエスとしか言いようがない。

「そもそも……ここはどこなんだ？」

こめかみを押さえて必死に記憶を探ろうとした。

覚えているのは見たこともない巨大なグラキエスとイワンとかいう科学者が現れて、立ち向かい大怪我をしたことだ。

「そうだ、由宇が」

彼女の出現で状況はあっさりと覆った。巨大グラキエスは崩壊し、イワンは捕えられた。担架で運ばれたとき、由宇の後ろ姿を見た。しかし拒絶を感じる背中にさみしい感情を抱いた。

だが覚えているのはそこまでだ。横になった後の記憶は一切ない。

立ち上がるのも難しいほどの怪我を負った。ならば状況を考えるといまは病室かどこかで横たわっていたはずだ。

しかしいま自分が立っている周囲は岩が剝き出しになった洞窟だ。建物内にはとうてい見えない。ただ整備されているので天然の洞窟ではなさそうだった。

そして洞窟の開けた空間に鎮座している巨大なグラキエスの脳。これはいったい何なのか解らない。

「夢かな?」

どんな不条理な状況も一発で説明のつく便利な言葉だ。ただ夢にしては周囲の景色は鮮明で、存在感がありすぎた。

おそるおそる巨大な脳に手を伸ばす。指先が触れた。何も起こらない。さらに手のひらで触る。やはり何も起こらない。ただ触った感触はどこか頼りない。岩肌も一緒で触るとひんやりと冷たいが、何か曖昧だ。

古典的な方法で自分の頰をつねってみたが痛かった。しかし夢でないなら、いまこうして立っている自分がおかしなことになる。怪我の痛みがまるでない。

人の気配を感じたのはそのときだ。

少しためらって気配を感じるほうに歩みを進めて脳から離れた。すぐに人工物が見えた。コンクリートの壁だ。

「真目蛟……。蛟だと!?」

人の声が聞こえる。さらに歩み寄るとドアが見えた。

「この字は、勇次郎君のものではないか！」

ドアの向こう側から声が聞こえてくる。聞き覚えのある声が、勇次郎のことを話していた。

ドアの向こうに誰かがいるのは明白で、話している内容は重要に思えた。闘真はゆっくりとドアのノブを回すと、おずおずと開けた。立て付けが悪いのかあるいは錆びているせいか、軋んだ音が思った以上に大きく鳴り響いた。

ドアの隙間から中をのぞき込むと、驚いた顔をしてこちらを向いた初老の恰幅のいい男性が目に入る。

――あれは、岸田博士？

しかし声をかけるのははばかられた。岸田博士が驚いた顔で闘真のほうを見ている。手に懐中電灯を持ち、近づいてきた。

闘真は慌てて飛び退いた。すぐにドアが開く。中から顔を出した岸田博士が左右を見渡していた。その目は闘真を見ることは一度もなかった。無視しているわけではない。純粋に気づいていないようだった。

「あの、岸田博士ですか？　僕です。坂上闘真です」

声をかけたが反応はない。目の前にいる闘真を無視している様子でもなかった。岸田博士が闘真のほうを向くとき、目の焦点はずっと遠くにあった。

――僕が見えていない？

愕然とする闘真をよそに岸田博士は何かを決意した顔をする。

「い、行ってみようではないか。うむ、私だってこれくらいのことは」

それから闘真から見てもかなりへっぴり腰でドアから外に出て周囲を見渡していた。剝き出しの岩壁に驚いている様子だった。そのまま足は巨大な脳らしきものがあった空間を目指している。

「僕を覚えていませんか。見えてますか？」

脇を通ろうとした岸田博士に手を伸ばした。たしかに届いているのに岸田博士の体は闘真の手をすり抜けてしまう。岸田博士はまったく気づかない。まるで幽霊にでもなった気分だ。

やがて岸田博士は巨大な脳にたどり着くと驚き叫んでいた。

「……人類を滅ぼしても、わが子を、由宇君を犠牲にしても、君の探究心を止めることなど、できはしないのか？」

思わず耳を塞ぎたくなるほどの悲痛な叫び。しかし実際に耳を塞ぐことはなかった。さらに気になる声が聞こえたからだ。

「それが私のライフワークだからね。やめるわけにはいかないのだよ」

目の前にいる岸田博士とは反対側、背後からその声は聞こえてきた。闘真が慌てて振り返ると、一人の男性が立っていた。

真っ白なスーツに身を包み、帽子を目深にかぶっている。

峰島勇次郎がそこにいた。

「よもや君とここで会うとは思わなかった」

「やっぱり夢かな？」

そう考えればすべてのつじつまが合う。知らないうちにこんなところにいた理由も、岸田博士が自分を見えていない理由も、勇次郎が突然現れ話しかけてきたことも、それと同時に岸田博士が消えてしまったことも、夢にしてしまえばすべて説明がつく。

「夢か現実かが、それほど大事かね？」

峰島勇次郎は帽子をかぶり直すと、口元だけで笑ってみせた。

「人生は予想外の連続だ。失礼、もっともらしいことを言ってみたが、私はさほど予想外というものが存在しなかった。しかしそんな私にも思いがけない出来事は訪れる。一つは十二年前、君達がグラキエスと呼ぶものの存在。ＩＦＣのバグからまさかあのようなものへ発展するとは思わなかった。そしてもう一つは君がグラキエスの渦中にいることだ。坂上闘真君、君の行動は一見主体性に欠けているように見えるが、気づくと私が成そうとしていることの渦中にいる。なかなかもって興味深い」

上機嫌なのか口笛を吹きながら、勇次郎は腰を下ろす。いつのまにか足下に椅子があった。

勇次郎とは反対に闘真はいまだに混乱していた。夢というのは半分正解なのかもしれない。しかしいまこの場所が、ここの出会いが、何もかもただの夢とは思えなかった。

この感覚は何かに似ている。いや考えるまでもない。以前、勇次郎に会ったときの状況を思い出せば簡単だった。

——比良見で地下に閉じ込められたときと一緒だ。

由宇が海星にさらわれ、闘真は比良見の研究所の地下に逃げるしかなくなったとき、幼い頃の由宇の姿を見た。あれは誰かの記憶だと風間が説明したのを覚えている。

「……これも誰かの記憶なのか？」

あのときと感覚が似ている。一つ違うのは、比良見のそれはごく一部が幻であったが、いまは目に映るもの全部が非現実的だということだ。

「さて今日の私は気分がいい。待ちに待った実験が実りそうでね。こういってはなんだが浮かれているのだよ。なので君が抱いている疑問の一つか二つは答えようではないか」

足を組んで闘真と向き合う姿は、教師のようですらあった。

「由宇に会ってあげないんですか？」

勇次郎は一瞬言葉を詰まらせた。

「いや、これもまた予想外の質問だった。グラキエスの真相や私がここで何をしているのか、なんてことを聞かれるかと思ったが」

「それはいいです。僕が真相を知っても状況はそんなに変わらない。それに由宇がシベリアに来ている。真剣な顔でグラキエスと向き合ってた。たぶんもう大丈夫。僕はもう何も心配していない。それよりも僕の前には現れるのに、なんで由宇には会ってあげないんですか？」

勇次郎は両手を広げて、わざとらしく驚いた。

「約束したからには質問に答えようではないか。会う理由がない。会えない理由はある。君はまだ気づいていないようだがね。だから会わない。以上だ」

由宇は父親の愛情を求めていた。同時に大罪人である勇次郎の業を負わねばならなかった。

その二つに板挟みになって苦しんでいた。

なのにいま勇次郎から出た言葉はあまりにも無責任すぎた。

怒りの感情が湧いてくる。手が無意識のうちに己の腰を探る。いつもなら小刀、鳴神尊が
そこにあるのだが指先にその感触はなかった。

「ははは、怖いな。君がいまあの武器を持っていないのは幸いだ。私は外側をのぞき見しすぎ

た。存在の半分はこちらにいない。不便はあるが多少の犠牲はしかたない。結果この世の何者も私に干渉するのは無理だがね。君は違う。私に干渉できる数少ない可能性の一つだ。いまの君は本来の力が発揮できていないと知っているが、それでも脅威であることには変わりない。なにせ未知数の部分が多いのでね」

　闘真の怒りに対し、あくまで平静だ。

「さてもう一つの質問に答えようじゃないか。質問はこちらで用意してあげよう。なに遠慮することはない。さて、あの巨大な脳の正体だが」

「真目蛟」

　勝手に話を進める勇次郎を無視して、闘真は結論を口にした。上機嫌だった顔の唇が少しだけ歪む。

「君は性格が悪いね」

「真目蛟の脳ですよね？」

　脳から感じる気配には覚えがあった。なにより岸田博士がその名を口にしていた。

「君の感性は鋭いね。比良見の時もアレと同調して記憶を見ていた。今回は蛟の脳と同調し記憶を見ている。しかしサービスタイムはもうおしまいだ。本来これは君が見ていい景色ではないのだよ」

　いつのまにか勇次郎が目の前にいた。その手が軽く闘真の胸を押す。決して強い力ではない。

なのに後ろによろけた。

と思えばすさまじい勢いで周囲の景色が流れた。ものすごい勢いで体が後ろ側に引っ張られた。あっというまにグラキエスの脳や勇次郎が小さくなり豆粒の大きさになり見えなくなった。周囲の景色が後方から前方に途方もない速さで流れる。壁や地面などおかまいなしに通り抜けていく。

一瞬暗くなったと思ったら、いつのまにか地上に出た。眼下にロシアの大地が見える。地面を埋め尽くすグラキエスの大軍が、赤い光が、後方から前方に地平の彼方へと吸い込まれるように流れていく。

周囲一帯すべてグラキエスだ。どれほどの数がいるのか見当もつかない。

見覚えのある地形が目に入る。スヴェトラーナが住んでいた村が見えた。正確にはその残骸だ。さらにいくつか見覚えのある地形が目にとまる。村人達を連れてグラキエスから避難してきた行程だ。

やがてその先に基地があった。グラキエスの群れは容赦なく基地を呑み込もうとしていた。

——やめろっ！

叫ぼうとしたが声にならない。

群れの先頭が基地にたどり着く。ロシア軍が兵器で攻撃を試みているが焼け石に水だ。あっというまに基地は呑み込まれ、いままで見てきたシベリアの大地と同じように何もかも破壊されるだろう。

しかしその心配は杞憂に終わる。

基地の周囲の大地が崩れ出していき、巨大な穴は谷に姿を変えていく。突然口を開けた深い谷にグラキエスの群れが次々と呑み込まれていくのが見えた。

何千、何万というグラキエスを呑み込んでも埋まらない、底なしの谷が基地の周囲にできていた。

——まさか由宇がやったの？

こんな奇跡じみた現象を起こせる人物を闘真は一人しか知らない。

やがて闘真の身体は、基地の建物の一つに呑み込まれた。


突然、なんの変哲もない建物の中に投げ出された。

「え、あ？」

視界が一変したことで距離感もバランス感覚も何もかも見失った闘真は、そのままうしろに転んでしまう。何度か豪快に身体が回転すると壁にぶつかりようやく停止した。

視界がひっくりかえった状態で闘真の目の前にあった。そこは基地内の一室だ。特殊な場所とはいえ、軍事基地の部屋以上でも以下でもない。

「どうなって……うがっ！」

起き上がろうとした闘真の全身に痛みが走り身体が硬直する。指先一つ動かすことすらままならない。先の超巨大クルメンとの戦いで負った怪我は予想以上に深刻だった。絶対安静のはずだ。

なのについ先ほどまで何も問題なく動けていた。あれもまた幻のようなものだったのだろうか。

――岸田博士と峰島勇次郎がいた。

比良見で起こった出来事と同一のものならば、あれもまた誰かの記憶が生み出した幻なのだろうか。問題は誰が見た幻なのかということだが。

「……まさか真目蛟」

「私の夫の名前をつぶやいて、どうかしましたか？」

いきなり背後から声が聞こえてきた。驚いて飛び退いて再度激痛にのたうち回る羽目になる。

いつのまにかスヴェトラーナがドアを開けて部屋の中に入っていた。

「スヴェトラーナさん……」

いつもと雰囲気が違うスヴェトラーナに戸惑いながらも、闘真は呼びかけた。返事はない。ただ感情の見えない二つの眼がじっと返ってくるだけだった。

「蛟の名を呼びましたね。なぜですか？」

「あ、いや……」

なんと説明すべきだろうか。夢で見たというべきか。しかし見たのは巨大な脳なのかグラキエスなのか解らない代物だ。あれを蛟と思ったと正直に話せば、気を悪くしかねない。

「それはたいしたことじゃないです。それよりもクレールが……」

口にしてから後悔する。話をごまかすにしてももっと別の方法があっただろう。手段としては下の下だ。いまの様子はショックが収まったように見える。わざわざ掘り起こしてどうするつもりなのか。

「ああ、私の娘ですか。心配いりませんよ」

しかしスヴェトラーナの返事は予想外のものだった。

「心配いらない？」

「ええ、なにも……」

まるで死んだことがなかったことになっているかのような口ぶり。もしかしたらスヴェトラーナの中ではそのようなことになっているのかもしれない。

「いまは仮死状態ですが、すぐに蘇生できます」

背後から胸を撃たれてほぼ即死に見えたが、もしかしたら奇跡的に助かったのだろうか。だとしたらいまのスヴェトラーナの平静も理解できないこともない。

しかし仮死状態からの蘇生とはどういうことなのだろう。不穏なものを感じるのは気のせいだろうか。

目の前の顔は表情に乏しく、闘真の不安をより大きなものにした。

スヴェトラーナの目線が闘真から外れて、ベッドにかけてあるカルテに向けられた。

「骨折十二か所、内臓も複数損傷、特に深刻なのは腎臓破裂。なかなか壮絶ですね。満身創痍というわけですすか」

「あ、大丈夫です。怪我の治りは早いほうなので」

全治数ヶ月の怪我だが、経験則から一週間もあればある程度は動けるようになるだろう。そのことを伝えても、

「それでは間に合いませんよ」

とスヴェトラーナは断言する。確かにグラキエスの侵攻が激しい。ただ今のグラキエス相手に自分一人の力がどれほど意味があるのかはなはだ疑問だった。

スヴェトラーナの髪が突然うねったかと思うと、闘真に巻き付いて強引にベッドに運んで寝かせた。

「安心してください。すぐにでも動けるようにしてあげます」

髪がうねる。スヴェトラーナは皮膚に髪を潜らせ治療する行為を避難民を連れた移動中に何回か見せた。しかしそれは単純骨折などで、しかも激痛を伴う。複雑な内臓損傷の状態までどうにかできるものではなかったはずだ。

「ご心配なく。以前の感覚を取り戻したので、施術の正確さは向上しています」

闘真の返事を待たず、彼女の操る髪が皮膚に突き刺さり、身体の深い部分まで潜り込んできた。

「うがっ！」

比べものにならないほどの激痛にうめいた。その様子を見てもスヴェトラーナは眉一つ動かさない。

「ごめんなさい、痛かったですか。では気晴らしに昔話でもしましょうか。そうですね、私が当時旧ソ連でマッドサイエンティストと呼ばれたセルゲイ・イヴァノフに連れられて日本に来たのは、二十年も前のことです。様々な論文や技術が記されたゼロファイルと呼ばれるものを書いた人間、峰島勇次郎に会うためです。知ってました？　当時、彼の名前は峰島勇でした。聞いてます？　……ああ、痛みのショックに耐えきれず心停止したようですね」

スヴェトラーナの髪が胸から心臓に絡みつき、半ば無理矢理心臓マッサージをして闘真を蘇生させた。

「おはようございます。痛みでショック死したので、蘇生させました。あなたの心臓をマッサージするのはもう慣れたものです」

淡々と語る。再び痛みが全身を襲う。

「なぜ昔話をするのか話していませんでしたね。イワンの坊やにもらったプラグで色々と思い出したんです。私の人生に何があったのか。本当の目的、取り返しのつかない罪、語っても語っても語り尽くせない出来事が、シベリアでありました。……続きを話しましょう。当時世界最高の天才だったセルゲイ・イヴァノフも峰島勇次郎の前では赤子同然でした。そして私は夫である真目蛟と出会いました。私達は最初敵でしたが……、一番いいところで心停止ですか」

二度目の蘇生が行われた。

「おはようございます。今日二度目の蘇生ですね。あと数回は死を覚悟してください。途中で人の心を放棄するならどうぞご随意に。壊れたあなたを殺すほど私も無慈悲ではありませんので、そこは安心してください」

闘真が何かを答える前にスヴェトラーナはまた施術を開始する。意識をあっというまに失った。

「おはようございます。三度目の蘇生は少し難儀しました。後遺症が残ったらごめんなさい」

「おはようございます。四回目ともなれば……」

「おはようございます。五……」

「おはようござい……」

いったい何度死を体験したか。何回生き返ったか。スヴェトラーナは淡々と作業を続ける。

その間もずっと昔話を続けていた。それは闘真に語るというより、プラグによって蘇った自分の記憶を整理しようとしているかのようだった。

二十年前の冬。

ロシアのシベリア地帯奥地にあるセルゲイ・イヴァノフの研究所、ツァーリ研究局を壊滅させた。髪を自在に操る力をもってすればたやすいとまではいかないが、不可能ではなかった。シベリアの奥地に位置するため襲撃される想定はほとんどされておらず、兵士の練度はあまり高くなかったことも幸いした。

捕まっていた大勢の犠牲者を逃がすことができた。救出した中にはスヴェトラーナが舌を巻くほど賢かったまだ少年のイワンをはじめ、大勢の子供達がいた。

このときばかりは無理矢理与えられた遺産の力に感謝をした。

十二年前の春。

蛟の兄である不坐の息子、真目勝司が訪ねてきた。

一目で解る品と知性を感じるたたずまい。日本に貴族はいないが、その階級の人達と同じたたずまいをしていた。生まれながらのサラブレッドだ。

どこかひねくれた目がまっすぐにスヴェトラーナが抱いている赤子に注がれていた。その眼差しには祝福と隠しきれない哀れみの感情が宿っていた。

おそるおそる腕に抱き、元気に育つといいなと、大人びた口調で言ったのを憶えている。不機嫌そうに背けた顔の耳が真っ赤になっていた。

「そして十二年前の秋のことです。……ああ、この先はさすがに聞かせられませんね。私が人間を売った記憶ですから」

最愛の人、真目蛟が死んだ。峰島勇次郎に殺された。あの日からすべてが音を立てて崩れ、何もかもが歪んでしまった。

2

十二年前の秋。

峰島勇次郎を危険視した真目不坐が鳴神尊の継承者である蛟に暗殺を命じた。しかしその結果は無残なものであった。

スヴェトラーナは夫であるはずの遺体を前にして、ただただ呆然とするしかなかった。本当に目の前の遺体は蛟のものなのか。遺体に首はなく、一見誰なのか解らない。

それでもスヴェトラーナは何かの間違いではないか、蛟ではないのではないか、などという淡い期待は一片たりとも抱かなかった。たとえ頭部はなくても、首から下の肉体的特徴――筋肉の付き方、無数の戦いの傷は間違いなく蛟のものだ。

どれほど遺体を前に呆然としていただろう。気づけば遺体を挟んだ向かいに男が一人立っていた。

どこか蛟に似た面差し。真目不坐だ。

殺したのは勇次郎（ゆうじろう）だったが、死地に追いやったのはこの男だ。一瞬膨れ上がりそうになる殺意を懸命に抑えた。

ここで自暴自棄になって、不坐（ふざ）を問い詰め殺したところでなんの意味もない。それに不坐（ふざ）には何か言い知れない不気味さがある。いまここで無数の髪の毛を刃のように突き刺そうとしても、成功するビジョンがまるで浮かんでこなかった。

「いけると思ったんだがなあ」

顎（あご）をなでて日常の出来事のように語る。抑えていた殺意が再び鎌首をもたげようとしていた。

「こんな姿になってなさけねえ。歴代の鳴神尊（なるかみのみこと）の継承者に腹切（はらき）ってわびなくちゃなあ。ってもう首が切れたあとじゃ無理か」

できの悪いジョークをさもおかしそうに笑っている。しかしすぐに真顔になると、

「なさけねえ」

と初めて絞り出すようなかすれた声で一言だけつぶやいた。それは一体誰に向けて言った言葉なのか。死んだ蛟（みずち）かこの結果を見極めきれなかった己へか。

いずれにしても膨れ上がったはずの殺意は霧散してしまった。たとえそれが不坐（ふざ）の思惑であったとしても、スヴェトラーナに言及する気力はなかった。虚空（こくう）のような虚脱感が身も心も蝕（むしば）むばかりだ。

その姿をじっと見ていた不坐（ふざ）だったが、

「俺の弟を、おめえの愛しい男を殺した相手はいまシベリアにいる」

「シベリア？」

「ツァーリ研究局って言えばわかるな」

忌まわしく忘れたい場所の名を告げた。

「峰島勇次郎の次はあなたを殺す」

それだけ言うとスヴェトラーナは立ち上がった。復讐心が唯一の糧だった。

「おう、あいつを殺せたなら、そのときは俺の首の一つや二つくれてやるよ」

不坐は手刀で己の首を切る真似をする。どこまで本気か解らない笑顔だった。


夫である蛟を殺した峰島勇次郎を追って、ロシアまできた。長年暮らした国だったが帰りたくはなかった。できれば二度と関わりはもちたくない。

ツァーリ研究局はソ連時代にスヴェトラーナが所属していた研究施設だ。そこでセルゲイ・イヴァノフに非道な人体実験の材料にされ、耐えがたい苦痛とともに得たのがいまの遺産技術だ。峰島勇次郎の遺産技術の被験者第一号といって差し支えなかった。

しかしそのツァーリ研究局はもうあるはずがない。セルゲイ・イヴァノフ亡命後に閉鎖されたはずだ。

中は廃墟同然であったが、人が出入りしている痕跡が残っていた。それも一度や二度ではなく頻繁にだ。

勇次郎が出入りしているのか。

何か動いている気配がする。視界の隅で小さな何かがうごめいている。よく見ようとしてもその前に瓦礫や物陰に隠れてしまう。

「虫？　小動物？」

薄暗くてよく見えないが、見慣れないシルエットをしていた。建物の中とはいえ冷気が入り込んで、防寒具なしではいられないほど寒い。それでも外気にさらされるよりはマシと、中に入り込む生き物がいるのだろうか。

しかしそんな些細なことに気をとられているわけにはいかない。時折見える動くものの姿が、まったく見慣れない生物とは思えないものであっても、スヴェトラーナは脇目も振らず勇次郎を探した。

やがて椅子に座っている峰島勇次郎の姿を発見する。白いスーツで足を組み、廃墟に等しい場所に似つかわしくない優雅さを持って、かのマッドサイエンティストはスヴェトラーナを待っていた。

「無機物生物というべきものが発生している」

会うやいなや、彼は意味不明なことを語り出す。

「しかし大きな欠点がある。無機物生物は炭素に触れると誤動作を起こして、たやすくバラバラになってしまう。無機物生物の主成分であるケイ素と炭素が構造的に似ているからだろう。この欠点が克服されない限り、無機物生物は基地の周辺から出ることはできない」

まるで親しい友人に話しかけるように、なんでもないことのように話しかけてくる。その態度はただただ異常で不気味で嫌悪感しか湧かなかった。

それに言っている内容もなんのことなのかまるで解らない。無機物生物がどうとか言っていたが、そんなものは初めて聞いた。

「興味深いとは思わないかね？」

しかし話している内容は関係ない。スヴェトラーナの髪が揺れる。いま抱く感情は彼への憎しみばかりだ。

「あなたは私の最愛の人を殺しました。あの人の頭を返してください」

蛇の鎌首のように持ち上がった無数の髪が、いまにも勇次郎を貫こうとする。それでもスヴェトラーナがすぐさま行動に移さなかったのは、以前勇次郎の計り知れない能力を見たことがあるからだ。

「まあ、いいだろう」

勇次郎は手に持っている金属の箱を開けた。中から現れたガラスケースの保存液に浮いているのは、人間の首だった。

それを見た瞬間、全身の血が沸騰したかのような怒りが湧いた。無数の髪が明確な殺意を持って勇次郎めがけて発射された。無数の先端はダイヤモンドのように硬く、音速を超えたソニックブームを無数に発生させ、勇次郎を貫く。

そのはずだった。

しかしそのすべてがことごとく勇次郎に届かない。防がれたわけでも、そらされたわけでも、届かなかったわけでもない。髪の弾丸は意思を正確に反映した軌道を描き、四方から包み込むように、完璧に逃げ道をふさぎ命を奪うはずだった。

しかし一本たりとも勇次郎には当たらなかった。彼は一歩も動いていない。まるで目が錯覚をおこしているかのようだ。

勇次郎の存在そのものが何かの錯覚であるかのように、そこに存在し続けている。

これと酷似したものをスヴェトラーナは知っていた。いや、似ているわけではないが、不可解な現象というくくりでは同一だった。

蛟が鳴神尊で異能の力を使うとき、そこには物理現象を超えた何かが発生している。世界の理からほんの少しだけはみ出た現象が起こる。

しかしいま目の前で起こったことは、ほんの少しはみ出た程度ではなかった。あきらかに何かがねじ曲げられている。

「ありえません！」

何かトリックがあるはずだ。スヴェトラーナは髪を己の体にまとい、今度は自分自身で見極めようとした。

瞬時に距離を詰めて、渾身の力で殴る。確かに勇次郎は目の前にいる。しかし勇次郎の顔面を捉えたはずの拳は空を切った。それでもかまわず攻撃を続けた。しかしことごとく当たらない。何十回殴り何十回蹴りを放ったか。しかし変わらず勇次郎はそこにいた。

ついには体力が尽きてしまい、ふらふらになった体をようやく髪で支えている状態になった。

「さて、そろそろ交渉に入ってもいいかね？」

勇次郎が何か合図をする。すると建物の奥から無数の何かが這い出る音がした。見る間に床や壁、天井がびっしりと小さな虫のようなもので埋まった。しかし虫にしてはあまりにそれらは異様な姿をしていた。種類はいくつかあったが材質はコンクリートや金属のように見えた。

「これが無機物生物だよ。ＩＦＣの誤動作から生まれた奇跡の産物。地球上の生命体とは違った進化を遂げた新たな種だ。いやはや私もこのようなものが生まれるとは思いもしなかった」

いたるところにびっしりと小さな虫のようなものが密集している姿は、集合体恐怖症を発症してしまいそうな光景だった。

「無機物生物には面白い性質が一つある。有機物生物の模写だよ。短期間でこれだけの進化を遂げたのはなにも生命サイクルの早さだけではない。先人から学ぶ知恵を身につけていたからだ。故に無機物生物の進化の方向は……」

「ふざけないで！」

スヴェトラーナはそれでも勇次郎に立ち向かう。

「私はそんなくだらない話を聞きにきたわけではありません。あなたを殺すだけです」

激昂する姿を前に、勇次郎はわざとらしく首を振る。

「やれやれ、話には順序というものがあるのだが。しかたない。まずはこれを返そうではないか」

勇次郎は首の入ったガラスケースを無造作に床の上にすべらせた。スヴェトラーナは慌ててかけよって受け止める。壊れてしまわないよう大事にケースを抱きしめた。

しかしそれもほんの数秒のことだ。スヴェトラーナは怪訝な顔で眉をひそめて、建物の奥を見た。

「……誰？」

夢遊病のように足取りは怪しく、ガラスケースを抱きかかえたまま部屋の奥に行く。ドアを開けると岩肌が剝き出しの洞窟が現れた。

その洞窟をふらふらと進む。その先にあったものを見てスヴェトラーナは立ちすくんだ。

灰褐色の巨大な脳があった。一見すると巨大な岩を掘った彫刻に見えるが、よく見ればわずかに動いているのが解る。

「驚きだな。まさかこの存在に気づくとは。これも先ほど言った無機物生物の奇妙な性質のたまもの、有機物生物の模写だよ。誰の脳か、は言うまでもないだろう。意識も移植したつもりなのだが、どうにもうまくいかない。眠ったままなのだ」

「あ、ああ……」

スヴェトラーナはゆっくりと巨大な脳に近づいた。姿形は変わっていても彼女には解った。蛟の蛟たるゆえん、彼の核となるものはここにある。これに比べれば、いま抱きかかえている蛟の頭は抜け殻にすぎない。

手の中からこぼれ落ちた頭部の入ったケースが床の上を転がる。しかしそのことに気づきもしなかった。

手のひらがおそるおそる無機物の脳の表面に触れた。とたん、触れたところから表面が崩れ落ちていった。

「先ほどの言葉を聞いていなかったのかね。炭素が弱点なのだよ。珪素と炭素は同族元素と言ってね。性質が似ている。そのため炭素に触れると誤作動を起こす」

スヴェトラーナが手を離すと、脳の表面は手の形に崩れていた。

変わり果てたとはいえ愛しい人とふれあうこともできないのか。絶望に支配されそうになったが、

「君ならではの方法があるのではないのかね？」

勇次郎の一言が一筋の光明をもたらした。

たった一つだけふれあえる箇所がある。そこは自分の中でもっとも深い場所でもある。その可能性にスヴェトラーナは震えた。

髪をかき上げると、首の後ろのソケットをあらわにした。全神経が集中していると言っても過言ではない。

脳の下にたれている脊髄がうごめく。持ち上がり、スヴェトラーナに向かって伸びてきた。手に取ると崩れてしまう。スヴェトラーナは手袋をはめると、再び脊髄を手に取った。今度は崩れることなく、手の中でうねっている。

ゆっくりと優しく首の後ろに導く。脊髄の先端が、ソケットの一部に触れた。ためらうように動いていたが、やがて奥へと入り込んだ。

全身の神経が無遠慮に刺激され、脳の中がかき回される。本来ならばショック死しかねないほどの感覚のうねりがスヴェトラーナを襲った。

愛しい人が自分の一番深いところと繋がっている感覚、五感のすべて、身体の隅々にいたるまで、何もかも混ざり合い溶けてしまう感覚に歓喜した。

いま二人は世界中の誰よりも深く深く愛し合っている。細胞すべてを壊していくような全神経の刺激を恍惚と受け入れた。精神が壊れてもおかしくない、否、確実に壊れていく感覚の中、彼女は笑顔を浮かべる。

その様子を勇次郎は瞬き一つせず大きく目を見開いて観察していた。

無機物生物に移植された蛟の意識は半ば眠っていた。何よりも脳の黒点が起動しなかった。スヴェトラーナはその起爆剤になるはずだった。思惑通り、蛟の脳は活性化した。

しかしその先は勇次郎にさえ予想外のものだった。

IFCが無機物生物への進化を遂げたのが一つ目の奇跡だとするならば、二つ目の奇跡は歪み、壊れきった愛によってもたらされた。

スヴェトラーナの炭素を自在に操る遺産能力が、蛟の無機物脳に流れる。無機質な灰褐色の姿が書き換えられていく。徐々に透過を始め、やがて脳全体がクリスタルのような姿に変化した。内部には神経網のように赤いラインが無数に走り、中心部に核となるIFCの姿がある。

スヴェトラーナは愛おしそうに姿を変えた蛟の脳に額を押しつけた。本来ならIFCは誤動作を引き起こし崩れるはずだった。しかしそうはならない。ならないことが解っていたかのように全身で抱きしめた。

勇次郎は予想外の出来事に己の額をぴしゃりと叩いた。しかし真に驚愕すべきことはそのあとに起こった。

周囲でうごめいている小さな無機物生物達が突然もがき苦しむように動く。やがてその身体に変化が訪れた。身体はクリスタル状になり、中には赤いラインが走っていた。

勇次郎は足下を這いずる無機物生物の一体を無造作につかんだ。本来ならすぐさま崩れるはずだ。しかし無機物生物は勇次郎の手の中で崩れることなくもがいていた。

「無機物生物による共鳴反応が起こったとでもいうのか。これも脳の黒点がなせる力だというのか！　素晴らしい、じつに素晴らしい！」

この変化がどれだけの影響をもたらすのかすでに脳内でシミュレートされていた。

新たな身体を得た無機物生物は、己のコピーを増やすとき、同じように炭素を克服したクリスタルの身体を生成していた。これから爆発的に増えるだろう。やがて手が付けられないほど数を増やし、有機物生物を駆逐するに違いない。

しかしそんなことは勇次郎にはさほど興味がなかった。なによりも新たに生まれた脳の黒点を持った無機物生物に興味がそそがれた。有機物のそれと何が異なるのか、興味はつきなかった。

「まだ脳の黒点は完全に開かれてはいないか。適応の時間が必要か。十年かそれ以上、だが十四年はかかるまい」

賽は投げられた。

あとは十数年、待つだけだった。

無機物生物の脳の黒点と有機物生物の脳の黒点の持ち主が相対したら、どのようなことが起こるかも興味深い。

勇次郎の脳裏に、かつて出生に関わった坂上闘真の顔が浮かんだ。

3

もう何度闘真は生死を繰り返したか。意識はもはや朦朧としていて、スヴェトラーナの話を聞いている様子はなかった。

——限界か。

一日に何度も生死を繰り返すなど、心も身体も持つわけがない。八回目にして心が限界を迎え、先に死のうとしていた。それでもスヴェトラーナは手を、否、髪の操作をやめない。容赦なく、闘真の身体に髪の毛を潜り込ませる。

ふとなぜこの少年にそんなことをしているのかと、我に返る瞬間がある。しかしそれでも手は止まらない。

そしてすべての施術が終了した。

「おはようございます。すべての処置が終了しました。計八回、蘇生をしました。一日のうちに死んだ回数と生き返った回数の世界記録保持者になれたのではないでしょうか。おめでとうございます」

スヴェトラーナの言葉は自動音声の案内のように淡々としていた。

闘真から反応はない。心臓は動いているので死んだわけではないだろう。しかし見開いた目のまぶたの瞳孔は散大し、死の兆候があった。

「身体がもっても心が持ちこたえられませんでしたか」

スヴェトラーナは落胆にため息をついたが、唇は微笑みの形を作る。

「ありがとうございます。あなたのおかげで昔の感覚をだいぶ取り戻せました。これでクレールへの施術もうまくいくことでしょう。……さて、このまま生きるのもつらいことと思います。せめて安らかに眠ってください」

刃と化した髪の毛の先端を、闘真の胸に突き刺す――その刹那、甲高い音が鳴り響き、髪の刃がはじかれた。

「勝手に殺してるんじゃねえぞ、このイカれ糞女が」

スヴェトラーナの目が大きく見開かれる。しゃべり方や表情、気配まで何もかも彼女が知っている闘真とは違っていた。

「あなたは……誰です？」

「はっ、何が誰ですだ。もう解ってるんだろ」

闘真は先ほど髪をはじいた鳴神尊を構え直すと、一直線にスヴェトラーナの首元を狙った。彼女はとっさに数歩下がってかわした。しかし予想以上に闘真の腕は伸びる。

その腕に髪がからんだ。鋼のように硬くなり右腕を拘束しようとする。しかしあっさりと引きちぎられた。とはいえ闘真の腕も無傷ではすまなかった。髪に巻き付かれた腕は皮膚が裂けて血まみれだ。

驚き、部屋の隅まで後退したスヴェトラーナはまじまじと闘真を見た。

気配がまるで異なる。ふてぶてしく猛々しく、いつもの闘真のどこか気弱そうな一面はどこにもなかった。眼光は鋭く肉食獣のような輝き。闘真はベッドから起き上がると、手足を振って状態を確認していた。

「色々好き勝手にいじくりまわしてくれたみたいだな。身体の中が異物まみれだぞ」

人ごとのように話し、身体の各部を動かして調子を確かめている。それで何かしら納得がいったのか鳴神尊を手に取ると、気軽に指先で回していたが、

「よっ」

軽い声で鞘を引っ張ると、札はあっさりと破れた。しかし途中で鎖が邪魔をして、刀身は数センチしか姿を現さない。

「面倒な仕掛けだ」

面白くなさそうにつぶやく。あまりにも簡単に二重封印の一つを解除した姿に、スヴェトラーナは面食らってしまった。まるで別人だ。

「心理的作用で四々家の札の封印は破れないと聞いていましたが」

「はあ、そんなの知るか。表の人格用で俺には効力が薄いんだろ」

別人格が確定した。しかも四々家の封印を破るほどに乖離している。

「鎖のほうはちょっとやっかいだな。まあ、いまはいいか」

闘真はスヴェトラーナを見て、歪に笑う。

「いまはあんたを殺すほうが楽しそうだ」

ベッドの上に立つと、鳴神尊を構える。わざわざ足場の悪いベッドの上に立つことじたい理解しがたい行動だ。

性格が変わり果てた闘真をマジマジと見ていたスヴェトラーナだったが、急に口元を押さえた。

「ふふ、ふふふふふ、あははははは」

手で押さえても抑えきれない笑い声がこぼれていく。

「ああ、なるほど。これがあなたですか。蛟さんもそこまではっきりと人格は変わらなかった。性格が変わる程度でした。しかしあなたはまったくの別人に見えま……」

スヴェトラーナが一歩引く。鼻先を横薙ぎの鳴神尊がかすめ、前髪の一部を持っていった。

鞘に収まっているとはいえその鋭さは刃物のそれと等しく、打撃ではなく斬撃と化していた。

「ずいぶんとせっかちな性格のようですね。表の闘真さんとは正反対です」

表情一つ変えず、闘真を見据える。

すでに次の斬撃を放つ姿勢を取っていた。

——なんて楽しそうに笑っているの。

禍神の血の継承者の人の理から外れた残酷な精神のあり様は蛟で見てきたつもりだった。しかしその様はまるで違う。蛟のそれがより効率的に殺しに特化させたものならば、闘真のそれは享楽的だ。

スヴェトラーナは全身に髪をまとわせる。筋肉の補強とガードを両立させた、いわばパワードスーツだ。

スヴェトラーナは一気に距離を詰めようと足に力を入れる。髪の補助も加わり、迅速に動く。しかし足に力をこめる前に、すでに懐に闘真の姿が忍び込んでいた。

全身が総毛立つ。明確な死を感じたのはいったい何年ぶりのことか。グラキエスの大群さえ彼女にしてみれば、死を感じさせるものではなかった。

脇腹に向けて鳴神尊が一直線に走る。よけられる距離ではない。身体を覆っていた髪が膨れ上がった。筋肉の補強だけでなく瞬時に防御に様変わりする。鳴神尊を受け止め衝撃を吸収し全身に分散させた。それでも受け止めきれず身体は真横に吹き飛んだ。

空中で姿勢を立て直し、壁に両足で着地する。その反動を利用し逆に闘真に仕掛ける。いや仕掛けようとした。

しかしすでに闘真は横に吹き飛んだスヴェトラーナを追っていた。腕をまっすぐに鳴神尊を突き出し、まるで一本の矢のように一直線に、などと生やさしいものではなく、空間すらねじ曲げ一直線すら短縮し、鳴神尊は最短より速くスヴェトラーナを突き刺そうとした。

回避不可能なタイミング。スヴェトラーナすらその速さについていくことはできなかった。しかし闘真の身体はスヴェトラーナの身体をかすめるだけだった。回避が間に合ったのではない。彼女は壁に着地してから一歩も動いていない。

闘真が驚きに目を見開いている。

――あなたの目には、突然姿が消えて移動したように見えたでしょうね。

闘真は最初から見当違いの方向に進んでいた。スヴェトラーナが用意した幻影を貫こうとしていた。

炭素に偏光の性質を持たせ空中に分散し、幻を生み出していた。これを知る人間はいない。もっとも親しいアリシアも見たことのないスヴェトラーナの奥の手の一つだ。

スヴェトラーナはかまえる。何本もの髪の束が槍となり、あるいは刃物の形状を取り、闘真の身体を細切れにしようとする。容赦など欠片もなかった。

死は確実。闘真が笑って見えたのはいまだ状況をつかめていないからか。いっせいにしかけた攻撃手段は十を超える。鳴神尊による刺突は無理矢理軌道を変えて、そのうちのいくつかを打ち落とした。打ち落とせなかった髪が闘真に突き刺さる、が肉は割いても骨を断つにはいたらなかった。

体の内部に残っている治療したスヴェトラーナの髪とぶつけ合い弾いたのだ。それすら計算に入れた回避をためらいなくやってのける。

「あんた、笑ってるぜ」

闘真の指摘に顔に手を当て、嘘でないことを悟った。ずっと会いたかった。再び相まみえることを願った。シベリアの奥地ですべてを忘れても、願いを望む焦燥感だけは色あせることはなかった。

会いたかったのは蛟だ。暗殺者の蛟だ。殺しの快楽に捕らわれた蛟だ。

しかしまったく別種の暗殺者が目の前にいる。殺しても殺しても現れなかった闘真の中からようやく姿を現した。

「私はずっとあの人……蛟に会いたいと願っていました」

「会いたいもなにもあんたが作った組織にいただろう。見た目は変わり果てていたが」

闘真の脳裏にあるのは、ＫＩＢＯＵの街で戦った、斬られた頭部の脳を移植されたマジシャンとなった蛟のことだ。

「ああ、あれですか。あれは違いますよ」

スヴェトラーナはとたんしらけた顔をした。伸ばした右手から何本もの髪の槍が、まったく別の軌道で闘真に迫った。そのすべてを鳴神尊でたたき落とす。

「蛟ってのは普段穏やかだったんだろう。まあ見る影もないわな」

「穏やか？　……ふふ、うふふふ、あはははははっ！」

スヴェトラーナはおかしくてたまらないとでも言いたげに声をあげて笑った。

「なにを言ってるんですか。私が会いたかったのは、私が愛したのは、禍神の血で殺戮者になった蛟。残酷で無慈悲で容赦なく敵を屠る鳴神尊を使う真目蛟ですよ！」

闘真の動きが一瞬止まる。裏の闘真が驚きで動きを一瞬止めるほどに、虚を突かれた。あるいは闘真が見せた最大の隙を、スヴェトラーナは見過ごし語る。

「そしてあの人も私を殺したいと願っていた。私達はお互いに殺し合いたいほど、愛し合っていました」

スヴェトラーナに浮かぶ笑みは凄惨さを増した。

「私は蛟と何度も手合わせをしました。もちろん鳴神尊を抜いた蛟とです。何度も何度も。ほとんどは生き延びるのがやっとでした。人智を超えた力、この世の理をねじ曲げた力はどうにもできません。太刀打ちできなかった。ただそれでも幾度と命のやりとりをすると見えてくるものです。理をねじ曲げても、使うのは人です。ならば使う人を見ればねじ曲げた法則の先が見えてくる。銃口や指、腕の動きから弾道を予測するようなものですね。真目不坐が私を殺そうとするのも当然です。絶対的な強者の証である鳴神尊の継承者から生き延びているんですから。クレールを利用し、使い、私を殺したかったのでしょうね」

事実、その策略は成就しようとしていた。スヴェトラーナは母としてクレールの刃を受け止めようとしていた。

「でもクレールは撃たれ、真目不坐の思惑通りにはいかなかった。……誰があの子を撃ったのかもう見当はついていますが、いまは置いておきましょう」

歓喜の表情が険しくなったのはほんの一瞬で、すぐにまた恍惚として語り出す。

「私の望みは歪とはいえ、かなえられようとしている。あなたの太刀筋はあの人と似ている。殺意の表情も容赦なく殺しにくるところも、ああ、十二年恋い焦がれたものがいま手の届くところに！」

「蛟と、最愛の男と、殺し合うことをどうして受け入れられる？」

闘真は裏の人格のはずなのに、なぜか迷ったような表情を見せる。

「どうしてって、言ったではないですか。私達は愛し合っていたと」

「愛があれば殺し合うのも許容できるってか。馬鹿馬鹿しい」

「許容ですか。ふふふ、あなた、まだまだ子供なんですね。許容ではないのです。許しているわけではないのです。心の底からお互い殺し合うのを望んでいたんです」

「……ありえない」

かすれた声で否定する闘真を見て、スヴェトラーナは目を見開く。

「ああ、なるほど。どうしてそんなにも顔を曇らせているのかと思えば。拒絶されたんですね、あなたは！　殺し合い愛し合うことに！」

スヴェトラーナの美しい翡翠色の瞳が、歪んだ愛と喜びに、爛々と輝いていた。

闘真は激しく何度も攻撃をしかけた。どの一撃も重い。死と隣り合わせのやりとりに、スヴェトラーナは目を細め、自分を殺しに来る刃を愛おしそうに見つめている。

なぜこの女はこんなにも幸せそうなのか。戦いを求め続けた果てにたどり着いたからか。

——違う。

しかし即座に否定する。そのような種類のものとはまるで別だ。そこは闘真の知らない世界だ。決して自分には届かない場所に彼女はいた。

スヴェトラーナの勝ち誇ったような表情に闘真は悟る。

「そうか、あんたも同類か。あんたは裏人格を一番愛してた。蛟もそっちのあんたを愛してた」

「ええ、ええ、そうですよ？　でもあなたの相手は殺し合うことの尊さを解ってくれなかった。ふふふ……あはは！　あなたの存在そのものを拒絶されたのですね？」

「黙れっ！」

いくつも繰り出した斬撃のすべてがはじかれる。はじかれた威力に腕はしびれ、骨が軋む。しかし砕けそうなほど噛んだ奥歯は、それが理由ではない。

いら立ちが鋭さを鈍らせる。雑念が混じる。

「思いのほか、あなたとの戦いはつまらないですね。やはり相思相愛でなければいけないということですか。どのみち鳴神尊が封じられた状態では、ひりつくような戦いは望むべくもないかもしれません」

スヴェトラーナの表情に落胆が広がる。それもしかたないと許容した顔だ。ただの余興とでも言わんばかりだ。

しかし闘真はそれを非難することなどできない。熱が冷めていくさまは、闘真も一緒だからだ。

最も渇望した戦いの相手ではないのは闘真も同じだ。

――俺が、俺が殺し合いたいのは、この女じゃない。

「集中力が乱れていますよ。せっかくの殺し合いなのに私ばかり冷めてしまって申し訳ないと思ったのですが、お互い様のようで安堵しました。あなたも意中の相手がいるということですね。あら、でもじゃあ今のこれは、お互い浮気ってことになるんでしょうか。ふふ」

絶えず語るスヴェトラーナの口がうるさい。黙らせようと攻撃を激しくするが、どれも簡単にいなされる。

「相手はだいたい察することはできますが。ただ、彼女はあなたの渇望に応えてくれますか？　一方通行の想いになっていませんか？」

「さっきからごちゃごちゃと！　少しは黙っていられねえのか！」

渾身の一撃がはじかれた。

「殺意というのは、愛があってこそ輝くものです。心の機微があるからこそ、愛を知っているからこそ、殺意というものは映えるのです。純粋な殺意なんて、無味乾燥でつまらないものですよ」

「おまえに何が解る！」

「解りますよ。蛟がそうでした。私もそうです。だからいまのあなたの乾きも理解できる。私も蛟も通った道です」

闘真は返答の代わりに深く踏み込んだ一歩から、鳴神尊を突き上げた。わずか半歩だが、本来の動きとは異なる軌道が生まれた。それこそが鳴神尊が生み出す物理法則をねじ曲げた一撃なのだが、スヴェトラーナは紙一重の距離でかわしていた。

「哀れですね。あなたの想いは彼女に届かない。ただ押しつけるばかり。そんなものはただの自慰行為ですよ」

「うるせえっ!!」

由宇の己を忌避する眼差しが思い浮かんだ。彼女は鳴神尊を使うことをよしとしていない。もう一人の裏の人格——自分の存在を疎んでいる。

相手のすべてが愛おしい、そう語るスヴェトラーナの瞳が闘真にらしからぬ激昂をもたらす。由宇を殺したいと思っていた。初めて戦う由宇を見たときから。NCTの地下で、スフィアラボで、弧石島で、ツインタワーで、KIBOOUビルで……彼女はいつも美しかった。誰よりも強かった。

ＫＩＢＯＵのビルの屋上で、一瞬、刃を交わした。永遠にも感じる一瞬だった。しかしその時でさえ、彼女は本気ではなかった。もう一人の自分を疎む、あるいは哀れむ、あるいは哀しみを湛えた瞳で見ていた。

比良見で、フリーダムで、彼女を助けたのは間違いなく裏の自分なのに、彼女は俺を見てはくれない。表の自分こそが本当の闘真だと言い、裏の自分にはいつも、その目で私を見るな、と言う。

みじめな自慰行為。

由宇は俺の気持ちに応えてくれない。たしかに目の前のイカれた女の言う通りだろう。この俺を愛しいとは思ってくれない。なにより、俺を殺したいと――決して思ってはくれない。

自分と彼女の間にあるのは完全な隔絶だ。

あの少女は絶対にこちらの自分を愛することはない。

「動揺が大きい」

スヴェトラーナの髪がいつのまにか右腕に幾重にも絡みついていた。肘から先の腕が拳が、そして握っている鳴神尊さえも完全に髪に覆われてしまった。

「気づいてました？　あなたの身体頑丈になってるんですよ。では、どれだけ頑丈になったか実感してください」

右腕を完全にとられた闘真を抱えて、スヴェトラーナは一直線に突進した。闘真の背中が壁に激突する。そのままコンクリートを砕き、大穴を開けて隣の部屋にまで貫通した。

不用品や機材が乱雑に置かれた半ば物置と化した隣室を、闘真の身体を盾にして突進する。停止したのは反対側の壁に激突したときだ。壁が鉄球クレーンの一撃を受けたかのようにへこんだ。

「生きてますか？」

右腕を持ち上げられて宙づりになった闘真は、顔を持ち上げる。

「さすがですね。戦意を喪失しているどころか……」

余裕めいたスヴェトラーナの表情が、一瞬にして強張った。同時に背後に跳躍する。二人の間に舞い上がったのは、粉々になったスヴェトラーナの髪だ。

「うるせえって言ってんだろ!!」

闘真に巻き付いていた髪も同じ運命をたどり、すべて細切れになり宙を舞い、闘真は突き刺すような眼差しを向けてくる。

スヴェトラーナは自分の腕から血が滴り落ちているのに気づく。見れば闘真をつかんでいた右腕がざっくりと裂けていた。

「てめえ、少し黙れ」

「あら、図星を突かれたのがそんなに悔しいですか？」

軽口を叩きながらも、スヴェトラーナの表情から余裕が消えるのが解る。腕の傷は予想以上に深い。

「ああ、そうだ、図星だよ」

しかし闘真の声音も相手を追い詰める喜びはない。

深海に沈んだフリーダムの中で由宇が見えなくなったこと。由宇を認識から外してまで殺したい衝動を無理やり抑えつけたこと、それこそが間違いだった。

由宇に嘘をついた報いと思っていたが、そうではなかった。嘘をついたのは自分にだった。

自分は由宇を殺したいのに。最高の相手をやっと見つけたのに。そんなのは自分じゃないと、自分の望みじゃないと、自分を偽ってしまった。

由宇は自分の半分しか見ていない、愛していない。

そんな中途半端な愛で、自分は本当に満足するのか。答えは否に決まっている。

「何をしているんです？　鳴神尊はただの飾りですか？」

挑発的な言葉を向けるスヴェトラーナを前にして、しかし闘真は刃を向けたまま動かなかった。

ここでスヴェトラーナと殺し合いを続けるか。彼女はグラキエスを従えていた。由宇にとって、いや、人類にとっても明確な敵だろう。何より自分を見下し、せせら笑い、殺し合いをもちかけてくる。殺せばいい。しかし、闘真の鳴神尊を握る手は動かない。

――また俺は、偽りの戦いで自分をごまかすのか？　俺はいったい何をしてる？

突然鳴った銃声が闘真の思考を中断させた。

「二人とも、何してるの⁉」

銃弾とともに部屋に入ってきたのはアリシアだ。彼女が見たのは腕から血を流すスヴェトラーナと、彼女に冷酷な瞳で鳴神尊を向ける闘真だ。

以前、二人の戦いを見たことのあるアリシアだが一目でそれとは質が違うことが解る。正真正銘の殺し合いが行われていた。

「ちょっとスヴィータ！　娘があんなことになったのに、何をしているの？」

非難しようとするアリシアにスヴェトラーナは冷たい眼差しを返す。アリシアが一瞬言葉を詰まらせるくらい、そこにいっさいの情はなかった。

「ふふ、娘？　クレール？　クレールのことで、あなたに非難されるいわれはないと思いますが？」

表情を強張らせるアリシアの横をスヴェトラーナが横切る。

すれ違うほんの一瞬だが、アリシアの目は、彼女の首の後ろ側に光る金属片があるのを見逃さなかった。

「スヴィータ、あなた、そのプラグは……」

「ふふ。イワンの坊やからのプレゼントですよ。失われた記憶、とでも言ったらいいでしょうか」

「なんてこと……」

「なんてこと、とは？　忘れようとしていたのに。いえ、忘れていたのに！　私はクレールに殺されたかったのに！　クレールに殺されることもできずにっ！　思い出しかけたのは、あなたも勝司さんも同じでしょうっ！」

ずっとどこか壊れていたスヴェトラーナの表情が、正気を取り戻したかに見えたが、それも一瞬ですぐに消えた。

「でも、ありがとうと言っておきます。おかげで私は本当の私を取り戻すことができました。アリー、幼い頃のあなたとの思い出は私の宝物ですよ。それは勝司さんも同じです。赤ん坊のクレールを大事に抱いてくれましたね。あなたがた二人を憎みたくはなかったけれど」

優しい微笑みはしかし、以前のスヴェトラーナのものではなかった。

「勝司さんに伝えて。クレールは生きている。でももうあなた達真目家には二度と渡さないって。この先私は私の目的のためだけに動きます。十二年待ち望んだ願いがついにかなうときがきました」

それだけ言い残すとスヴェトラーナは、その場を立ち去った。

4

「ちょっと、大丈夫？」

何度か呼びかけると、虚空を見ていた闘真の目がやっとアリシアのほうを向いた。

「うるさい」

見た目も声も闘真なのに、初めて見る少年と接しているかのような気持ちになる。

「あなた闘真君よね？」

「だからなんだ？」

闘真は戦っているとき、普段の気の抜けた雰囲気からガラリと変わることはあった。冷静に淡々と戦う姿は日常の姿からは想像もつかない。

しかしいまの闘真はまるで別人だ。

部屋の惨状からもすさまじい戦闘が繰り広げられたのだと察することはできるが、戦う理由が解らない。アリシアの中で嫌な予感が膨れ上がっていく。

状況から以前のようにスヴェトラーナが稽古をつける、というたぐいのものでないことはあきらかだ。明確な殺意を持った命のやりとりの場であった。

「あのイカレ女、今度あったら絶対殺す」

悪態をつく闘真はやはり別人にしか見えない。

「そう、スヴィータが……」

アリシアの表情が暗く沈む。

その様子に油断したわけではないだろうが、次のアリシアの行動に対する闘真の反応が遅れた。アリシアはほとんど音もなく最小限の動作で銃を抜くと、闘真に向かってためらいなくトリガーを引いた。

「いってえ……」

服の胸を中心に赤いシミがあっというまに広がった。

「9㎜の貫通力の高いアーマーピアシング弾。胸部に命中したなら肋骨を粉砕して、確実に肺や心臓を破壊する、はずなんだけど」

闘真は痛がる様子こそ見せるが、

「てめえ……」

戦う姿勢を取るのを見て、アリシアは銃を手放し両手を挙げた。

「撃ったことは謝るわ。確認したいことがあったの。スヴィータはあの処置をあなたにしたのね」

「あの処置？」

「主要内臓を守る防刃防弾チョッキならぬ防刃防弾髪。いまのあなたの体内には、彼女の髪の毛が網の目のように皮膚の下に組み込まれている。効果のほどは見ての通り……、感じた通りと言うべきかしら。この程度の弾丸程度なら防ぐことができる。アルファベットにいたころもやっていたんだけど、成功したのは数例のみ。たいていの人は耐えきれずに、途中で中止になってたわ」

「ふざけんな。めちゃくちゃ痛えじゃねえか！　死ぬかと思ったぞ。つうかいま言った防弾なんとかがなければ死んでたぞ」

「本当に死ぬようなことになるならあなたよけてたでしょう？」

闘真が笑う。これほど好戦的で恐ろしい笑顔があるだろうか。

「いいな。気に入ったよ」

いますぐにでも殺し合おうと言いかねない様子だ。

「だがその前にいまの状況を知りたい」

しかし意外にも冷静なことを言う。それは言った闘真も感じているのか、拳で自分の頭を殴っていた。

「くそっ、ちょっと混じってるな」

「混じってる？」

「こっちの話だ」

「……そう。ともかくここで何があったのか聞きたいんだけど、話してもらえる？」

事情が解らなければ動きようがない。

「話してもいいが、条件がある」

言っている闘真本人はいたって面白くなさそうな顔をしていた。

「真目勝司と話したい。連絡を取れるか？」

5

真目勝司は悩んでいた。

いまいる一室は勝司が世界各国に用意した隠れ家の一つ。何重にもセキュリティが施されており、安全な場所であるはずだった。

現在、彼の頭を悩ませている事柄、考えなければならない事案はいくつもあったが、最優先はいまシベリアで起こっているグラキエス問題だ。

正確にはグラキエスの問題はさほど重要視していない。人類の存亡に関わるという情報をつかんでいるが、対処するのは自分ではない。遺産技術が関わっているならADEMの仕事だし、麻耶も首を突っ込むだろう。

問題はそこではない。

「難しい顔をしてどうしたの？」

無邪気な声で話しかけてきたのは六道才火だ。まだ十歳の子供だが、特異な能力を有しており、もしこの場が襲撃されても才火がいればたいていの出来事は問題なく対処できる。

いかにも退屈そうな顔で、邪魔するかのように上半身を机に突っ伏している。

「なに、たいしたことじゃない、こともないか。たいした問題は持ち上がっているな」

「僕が解決してあげるよ。だから話してみて」

勝司は苦笑する。才火がどうにかできる問題ではないが、それでも話そうと思ったのは一人で頭を抱えていても行き詰まるばかりだからだ。

「つい半日前、シベリアと通信をした。覚えているか？　アリシア・新井という金髪の女性だ」

「覚えてるよ。眼鏡かけた綺麗なお姉さんだよね？　お付き合いしてるの？　結婚するの？　夫婦げんかするの？　離婚の原因は若様が家庭を顧みないから？　離婚のあとは親権争いで裁判するの？　僕はフレンチトースト作ってもらえるほうに行くよ」

「いったいどこでそういうのを覚えてくるのか。いいか、アリシアと俺はそういう関係ではない。仕事上の付き合いだ」

「ええ、つまんなーい」

「いい加減にしろ」

「はーい。で何を話したの？　お土産は買ってきてくれる？」

「さあ、それはどうかな。今度話してみよう。ともかくアリシアと通信をしているときに、通信に割り込みをされた。真目不坐、俺の父親だ。通信の経路はこの隠れ家と同じく何重にもセキュリティがかかっていて、割り込むのは困難だ。だというのに、あっさりと割り込まれた。まあ、それはいい。そういうこともあるかもしれない。真目不坐は俺が想定しているより遥かに上の情報を持っている。そういうことになるのだろう」

「ふーん」

気のない返事をする才火はあくびをしている。もうすでに勝司の話に飽きている様子だった。

「しかしならなぜここの居場所は割れていない？　この二つの矛盾が俺の頭を悩ませている。本当はすでに居場所は割れていて泳がせているのか、場所を移すべきか。しかし判明していないなら軽々に動くべきではない。判明していないなら、なぜ厳重な通信にはあっさりと割り込んできた？　……いや、まて。そういう可能性もあるのか」

一つの可能性にいきつく勝司のそばで、才火はすでに完全に話など聞いていなかった。あくびをして夢うつつだ。

そのとき通信機の音が鳴った。驚いた才火は一気に目を覚まし、通信機にとびつく。

『アリシア・新井よ』

「合い言葉は？」

勝司が答えるより早く才火がマイクをぶんどった。

『その声は才火君？　合い言葉？　そんなものなかったはずだけど』

「山って言えば川だよ！　そんなの常識だよ」

そもそも山とも言っていない。

「どうした？　何か状況が変わったのか？」

以前にアリシアから不坐に割り込まれたあとの顚末は聞いている。基地の周りを崩してグラキエスを防いだという手段を聞いたときはさすがに耳を疑った。

『あまり変わってないわ。でもあなたと話をしたい人がいて、私に取り次ぎを願ってきたの』

アリシアと勝司の繋がりを知る人間はほとんどいない。ましてシベリアの基地にいる人間では本当に一握りだろう。ならば該当する人間は一人しかいない。

『あなたの弟、闘真君よ』

予想通りの答えが返ってきた。


『聞きたいことがある』

闘真の第一声は様々な意味で勝司を困惑させた。通信で聞こえてきた闘真の声はいつもの優しげで気弱そうな声ではない。普段よりトーンが低く、鋭利な刃物を連想させる怖さがあった。

しかし声の質は間違いなく闘真のものだ。

「おまえは誰だ？」

『坂上闘真だよ』

ぶっきらぼうな返事が返ってくる。それでいま話している闘真が何者なのか確信を持てた。闘真の中に眠るもう一人の人格だ。《希望》の街では一時行動を共にしていたが、こうして通信機越しに話していると、予想以上に違和感が大きかった。

『俺をシベリアに送った理由はなんだ？』

勝司は足を組み頬杖をつき考える。麻耶に言わせれば無駄に格好付けていると揶揄される姿勢だが、勝司にとっては自然なしぐさだ。

「いまさら気になったのか？」

『いまさら気にしてやったんだ』

「この状況で駆け引きをしてもしかたない。俺の知っていることを教えてやる。だからうまく立ち回れ。理由はいくつかある。まず一つ目。クレールを母親の元に返したい。というごくごくまっとうな善意だ」

『クレールを不坐から引き離して戦力を削りたいの間違いじゃないのか？』

「解釈は好きにしろ。結果的に感動的な親子の対面ができたんだ。感謝こそされと非難される憶えはない」

闘真は面白くなさそうに鼻を鳴らす。

「二つ目の理由。十二年前に何が起こったのか知りたかった。蛟が不坐に命じられて峰島勇次郎を暗殺しようとしたが、返り討ちにあって死んだ。スヴェトラーナが敵討ちに勇次郎を追ってシベリアに行った。ここまでは解っていた。しかしその後何が起こったのかまるで不明だ。そもそも勇次郎はなぜシベリアの奥地にまで足を運んだのか？　しかも蛟の切り取った頭部を持ってだ。後に蛟の脳はマジシャンという男の身体に移植された。ただ禍神の血の力は弱くなっていた。蘇生した弊害か、別の理由かは不明だがな」

『はん、そんなことか』

「その口ぶりは何か知っているな？」

『いいぜ、教えてやるよ。一方的に教えられるのもシャクだ。峰島勇次郎はグラキエスで作った脳に蛟の脳をコピーした。マジシャンに移植された脳は、あのイカレ女に言わせると抜け殻だそうだ』

「イカレ女？　スヴェトラーナのことか？」

『十二年前に何が起こったか知らないが、絶対一枚かんでるぞ。相当なタヌキだ』

　勝司は幼少の頃に会ったスヴェトラーナを思い出す。生まれて間もない我が子を幸せそうに抱きしめている姿が印象的だった。

　だからといって闘真の言葉を嘘だと断ずることはできない。しょせん短い時間しか会ったことのない人物だ。ましてあのときの自分はまだ子供だ。安らぎを得たように見える親子三人に憧れ目が曇ったとしてもおかしくはない。闘真の言葉は、心にとどめておくべきだろう。

「最後の理由は不坐の消息だ。普段は頓着しないくせに、いきなり消息不明になった。おまえ達を動かせば、何か動きがあると思っていたが……。不覚にもつい先ほどまで見当もつかなかった。察していれば不坐に通信で割り込まれる不覚をとられることもなく、クレールが死ぬこともなかった」

『まるでいまは居場所が判明しているような言い方だな』

「通信に簡単に割り込まれたこと。不坐の性格。もっと早く気づくべきだったよ」

『どこだ？』

「真目不坐はその基地にいる」

「不坐の目的は解っている。スヴェトラーナを殺すことだ。何よりも禍神の血の絶対性を重んじるあの男にしてみれば、確実に殺したかっただろうな」

『蛟とは何回も戦ったらしいぜ』

闘真の口調のわずかな濁りを不審に思った勝司は、すぐにどういうことか察した。

「なんだおまえ、まさか負けたのか？」

勝司の心底楽しそうな様子に、そばでおとなしくしていた才火は若干引いていた。

『負けちゃいない。痛み分けだ』

「いいや負けだね。はっはっ、なるほど。さすがに不坐が殺したくなる相手だ」

『負けてないと言ってるだろうが！』

「いいじゃないか。鳴神尊は封じられているんだろう？　ハンデがあって負けたんだ。恥じることもないだろう。ははは」

『あの女を殺したら次はおまえを殺してやるよ』

「無駄だからやめておけ。マジシャンの蛟や不坐の言葉に逆らえなかったのを覚えてるだろう？　鳴神尊の継承者は当主に逆らえないようにできてるんだ」

『おまえは当主じゃないどころか、真目家からドロップアウトしただろうが』

「だから以前におまえとマジシャンの戦いを才火に見せた。才火は六道家、リーディング能力に優れた一族の中でも別格だ。俺に鳴神尊の暗殺者は効かん」

　忌々しそうな舌打ちが聞こえてくる。

「若様すごい楽しそう……」

　才火はますます引いていた。

「話を戻そう。真目不坐はその基地のどこかにいる。親父は歴史の転換を直に目撃したいという悪癖がある。グラキエスの行く末を見届けに行くに決まっている。しかしおまえが親父と会ったところでなんの意味もないぞ。当主の言葉に封じられておしまいだ」

勝司は咳払いをし、いずまいを正した。あまりみっともないところを見せるわけにもいかない。

『ならどうして俺に教えた？』

「一泡くらい吹かせたいじゃないか。なあ親父殿！」

最後の一言は闘真に向けたものではなかった。

「どうせこの話も聞いてるんだろう？　兄弟の親睦を深めているのに無粋なことを、などと言うつもりはない。今度は親子の親睦を深めに末の息子が訪ねるそうだ。どうか歓迎してやってくれ。ああそうそう、闘真に伝え忘れていたな。その基地には貴賓室がある。いかにも共産主義のお偉いさんが好みそうな悪趣味に贅をつくした部屋だ。親父殿はその部屋を満喫しているだろうな」

『俺の趣味でもねえよ』

不機嫌そうな中年男性の声が割り込んできた。

「クレールが死んだ」

勝司の声のトーンが一段低くなった。感情を押し殺した声だ。

『クレールが死んだ？　くっ、はははは』

不坐から非情な答えが返ってくるのは解っていた。しかしまさか笑い声が返ってくるとは思わなかった。

「少しは姪に対する情があると思ったが。そこまで人でなしになったか？」

『自分の親に人でなしとはひでえな。俺が笑ったのはクレールが死んだことじゃねえよ。とんだ勘違いをしているおめえらを笑ったんだ』

「……まさかクレールは死んでないのか？」

『はははは、いやいやいや。ちょいと違うな。いやだいぶ違うか。クレールなら十二年前にとっくに死んでるんだよ』

　まったく予想していなかった言葉が返ってきた。

「クレールは偽者？　いや、そんなはずはない。DNA検査はとっくにしている。親は蛟とスヴェトラーナで間違いない」

　偽者の可能性はすでに検討していた。スヴェトラーナに偽者を娘と紹介するわけにはいかなかった。

『まあ俺もおまえを笑えるほど完璧に事情を理解してるわけじゃねえ。十二年前にシベリアで何が起こったのか、俺も知りてえのよ』

　通信機の向こうから何かがはぜる音がした。

『ちょいと乱暴なノックじゃねえか。親の躾がなってないんじゃねえか。って俺か。まあおまえがセッティングしてくれた親子の親睦の場ってやらを楽しんでやるとするか。よく来たな闘真！』

不坐の通信が切れる。

『真目家に産まれなくてよかったわ』

基地との通信はまだつながっており、アリシアの率直な感想が届いた。

「まったく同意だ。盗み聞きする家族ばかりで困るよ。なあ麻耶」

『盗み聞きではありませんわ。いかにも聞いてくれと言わんばかりにセキュリティの薄いところを残しておいたではありませんか』

次に割り込んできたのは麻耶の声だ。

「窓が開いてたから覗いただけで、のぞきじゃないって理屈か」

『勝司お兄様だって、私の部屋に勝手に入ってきたではないですか！』

「くだらない話をしている時間はない。闘真が不坐の相手をしている内に話したいことがある。真目家の関係者でだ」

麻耶は何か言い返したそうなり声を上げていたが、勝司の言う時間がないことには同意せざるを得ない。

『お父様に内緒で話したいことがありますのね？』

あと何人か話を通しておく必要があるか。勝司は頭の中で人選を始めた。

6

真目家(まなめけ)の関係者だけで行われる緊急性の高い会議。麻耶(まや)が覚えている限りでは二年以上、使われていないはずだ。

勝司(かつし)が号令を発してから全員が集まるまで二分とかかっていない。

『怜(れい)です。麻耶(まや)様より遅れたことお詫(わ)び申し上げます』

『八代一(やしろはじめ)です。どうして僕に招集がかかるかな？　真目家(まなめけ)の関係者じゃないよ』

露骨な舌打ちをしたのは怜(れい)だろう。真目家(まなめけ)の関係者と言っても舌打ちしたに違いない。

『全員、準備はいいな』

全員が喉に三センチ四方の大きさのテープのようなものを張り、イヤホンを耳に付ける。

「できています」

『張りました』

『用意したよ』

話した音声はすべて喉から発音した時点で、暗号化された音声に切り替わる。暗号化された音声はイヤホンで解読される。たとえ通信機を傍受されていても第三者に解読される時間が稼げることになる。真目家(まなめけ)同士では意味をなさないが、外部へのセキュリティとしては簡易的だが強固だった。

『音声の暗号化のエンコードとデコード。真目家の緊急会議をADEMの回線を使ってやるなんて大胆というか。許可とってくださいよ』

冗談めかして言う八代だったが、この面子にそんな常識的なことを言ったところでたいした効果はない。

「八代さんがご無事でなによりです」

にこやかな麻耶の声が八代の軽口を封じた。

『迅速に応じてもらい感謝する』

「北斗お兄様は？」

『いつも通りだ』

声だけでも勝司が肩をすくめるのが解った。

ロシアとヨーロッパの情報統制は十全に行われていた。勝司が表舞台から手を引き、怜も不坐もロシアにいる今、麻耶一人ではとても手が回らない。北斗は真目家の行く末に積極的に関わることはしないが、自分の仕事は完璧にやる。怠け者だが有能な北斗らしい仕事ぶりだと麻耶は思った。

『一秒でも時間が惜しいので、まずは俺の話を聞いてもらいたい。その前に特例でもう一人招待してある』

『アリシア・新井よ。これ以上の自己紹介は必要ないわね？』

『彼女が参加することに疑問はあると思うが、まずは俺の話を聞いてくれ』

傲慢な態度の多い勝司が珍しく下手に出ている。よけいな軋轢から時間を無駄にしたくないという勝司の意思が伝わってきた。

『坂上闘真の証言から無視できない重要なことが判明した』

勝司は言葉をいったん句切り、一言一言丁寧に話す。

『グラキエス事件に深く峰島勇次郎が関わっていることが確認された』

聞いていた者の最初の反応は静寂だった。そこへ勝司はさらに言葉を重ねる。

『問題はそれだけじゃない。峰島勇次郎は叔父、蛟の脳を模倣させたグラキエスの脳を作った。禍神の血を再現するのが目的だろう。すでに闘真が禍神の血特有の気配を感じ取っている』

『闘真様が脳の黒点を？』

『やっぱり峰島勇次郎がからんでるんだね』

先ほどと打って変わり今度はざわつきが起こった。

麻耶は数秒思案したのち、言葉を発した。

「私から一ついいですか。まず主題をはっきりさせたいと思います。いま議論すべきは真目家から外部に禍神の血の力が漏れたことを問題としていますか。禍神の血がもたらす力の影響を問題としていますか」

不坐が加わっていたなら確実に前者が主眼に置かれただろう。しかし不坐を排しての命題となれば後者であるが、そこは明確にしておきたかった。ここをはっきりさせないと麻耶は己の持ち札をさらすわけにはいかない。

『禍神の血が世界に与える影響だ。俺が真目家の内部に対する禍神の血を重要視していないのは知っているだろう』

『つまり勝司様は脳の黒点と今のシベリアのグラキエス問題に、峰島勇次郎と真目家が深くかかわっている確証を得た。その上で今ここで起こっていることを分析する、峰島勇次郎の目的を探る、ということですね』

怜が念を押す。離れたところで麻耶と意思の疎通を行ってもいなくとも、的確なサポートをしてくれる。

勝司から意思を聞けた。ならば麻耶の腹も決まった。

「わかりました。ならば私からも話すことがあります。比良見で起こっていることです。おそらくシベリアで起こっていることと無関係ではありません。とはいっても七つの大罪のルシフエルの言葉であり、何か明確な影響があったと断定できるものではありません。そこで提案ですが、現在起こっていると思われる禍神の血の影響を調べてみませんか」

『俺は問題ない』

勝司がまっさきに賛同した。

『まずシベリアにいる者達に尋ねたい。何かおかしなことは起こっていないか？　禍神の血に関係ありそうなこと、あるいは峰島勇次郎の影など、気づいたことがあれば発言して欲しい』

『一ついいかな』

最初に発言をしたのは八代だ。

『僕が闘真君達と合流したときに感じたおかしなことなんだけど。あ、その前にアリシアに一つ確認したいんだけど、グラキエスって名称は誰が付けたの？　それだけじゃない。個々の種類の名称、ラテン語のペルティィカやオースも。ロシア兵の誰かに聞いたの？』

『違うわ。クレールがその場で名付けたはずよ』

アリシアは当時のことを思い出しながら慎重に答える。

『そうか。だったらおかしなことがある。ロシア軍もまったく同じ命名をしていたんだ。名付けたのはイワン・イヴァノフ。これって偶然？』

「さすがに偶然ではないでしょう」

『ですよね。僕もそう思う。これは感覚の共有が起こってるんじゃないかな。ロシアの命名方法が蛟の脳を通じて、クレールに伝わった。と考えるのが合理的だと思う』

『つまり蛟の脳は、イワン・イヴァノフともつながっている、ということになりますね。ただし直接関わりがあるかどうかは現時点では判断はできません。たまたま相性がよかった、という可能性も捨てきれないでしょう』

「共鳴について私からも。これはまだ確証はないのだけれど、いま比良見で何か異変が起こっているると、七つの大罪のルシフェルがおっしゃってました。あそこは以前……」

麻耶が先を話すのをためらったのは、この情報を持っているのはこの場で自分だけだからだ。

「比良見の大爆発であのあたりが焼け野原になる前に、常識では考えられないことが起こりました。世界が溶けていったのです。そしてそれはどうやら、峰島勇次郎が脳の黒点の実験を行った結果だそうです」

『つまりこういうことか。過去の比良見と現在のシベリアの異変は深い関連がある、ということになるのだな』

勝司の声が重々しく響く。状況は思った以上に深刻だった。

『ねえ、私からもいいかしら？　ちょっと横道にそれてしまうかもしれないけど、いまこの機会に言っておかないと、もしかしたら一生聞けないで終わりそうだから』

「え、ええ、どうぞ」

麻耶はアリシアの言葉の中に抑えきれない怒気といら立ちがあるのを感じた。

『私がロシアに闘真君とクレールの二人を連れてやってきたとき、グラキエスの存在なんて知らなかった。スヴェトラーナに会いに来ることだけが目的だったのに、来てみたらいきなりグラキエスの大群よ。さっき八代から聞いたけど、人類滅亡まであと四日？　いったい何が起こっているの？　十日前の時点で真目家の誰も知らなかったの？』

『知っていたら行かせはしない』

勝司はきっぱりと断言するが、アリシアが納得しているかどうかは通信だけでは判断できなかった。彼女は無言のままだ。かわりに言葉を引き継いで話し始めたのは八代だった。

『ADEMですら知ったのは一週間前。ロシアから情報提供されるまでグラキエスの情報は一切なし。しかもそのときのシミュレーションでは四か月猶予はあると思われてた。ここまで切羽詰まった状況じゃないと判断したから、岸田博士を連れてこいというロシア側の要求も呑んだ。こんな危険な状況だと知ってたらもっと慎重になったよ。人類滅亡まであと四日という分析結果がでたっていうのは僕も昨日、基地に戻って来て初めて聞いたよ』

『誤解が解けて何よりだ、ミズ・アリシア新井』

勝司が満足そうに言っているが、弁解はほとんど八代がしたしアリシアも納得したと言ったわけではない。あいかわらず勝手なところは変わらないと、麻耶は呆れと感心の半々の感情が生まれる。真目家を出て行っても、結局のところ勝司は勝司なのだ。

『そう……』

気のない返事をするアリシアだったが、彼女も覚悟を決めたのかとんでもないことを告白する。

『状況を混乱させかねないから、いま白状しておくわ。クレールを撃ったのは私よ』

『やはりそうか』

勝司は半ば予想していたのか、声音は落ち着いていた。

『私の、いえ勝司と私のシベリアに来た目的。それはスヴィータから十二年前の真相を聞くこと。正確には峰島勇次郎が蛟の脳を使って何をしたのか。彼女に死んだはずの娘を会わせてあげたいというのはいわば二の次。スヴィータの生存は必要不可欠だった』

『クレールを殺した目的は？』

八代は淡々と尋ねてくる。批難の色があるわけではなく、さりとて軽すぎない口調だ。絶妙なバランスで相手の話の先をうながすのは、彼の持つ特技と言ってもよかった。

『殺した、というと語弊があるわ。死ぬと思ってなかったからよ。銃で撃っても行動不能になるくらいだと』

『背後から心臓を狙ってですか？　それともダブルエースともあろう人物でも友人の娘を狙うなら、手元が狂うとでも？』

怜が珍しく皮肉たっぷりに言ってきた。

『いいえ、悪いけど一ミリたりとも狂わなかったわ。私はスヴィータがクレールに防弾処理をしていると思ったの』

「防弾処理？」

『髪で編んだネットのようなものを皮膚下に埋め込むのよ。下手な防弾防刃装備よりはるかに頑丈。ミネルヴァ時代、スヴェトラーナが使っていたのを見ていた。なにより、クレールの心音は普通の人間と違っていたからそれなりの確信はあった』

いままで感情を押し殺していたアリシアだったが、ふいにそれを表に出してきた。

『だいたい、あのまま真目不坐に言われるがままクレールに母親を殺させるなんて、そっちのほうがよほど胸糞悪いわよ。あの子はマジシャンだって殺してるのよ。不坐の命令で！』

『それを言われると返す言葉もありませんね』

『でも撃ったら彼女は倒れた。クレールの身体には何も施されていなかった。言い訳をするみたいだけど、そんな生身の状態で、スヴェトラーナが娘を危険なグラキエスと戦わせていたとはとても思えないの』

「状況は理解しました。今、この話し合いで、わざわざそのような話題を取り上げた理由はなんですか？」

『峰島勇次郎ってなんなの？』

感情を押し殺した声でアリシアは言う。

『スヴェトラーナはとても理性的な人だった。少なくともミネルヴァ時代の彼女はそうだったわ。でもシベリアで再会したスヴィータは……、何かおかしかった。峰島勇次郎がもたらしたものは、すべておかしくなっていく。峰島勇次郎の技術を手に入れた馬鹿な科学者が、子供のほうが成功率が高いという理由で手当たり次第子供をさらって人体実験をした。私はその犠牲者の一人で、助けてくれたのがスヴェトラーナ。私の遺産技術はたいしたものではないわ。そんな私も恩人の娘をためらいなく撃つくらいおかしくなってる。誰も彼もおかしくなっていく。まるで峰島勇次郎の異常性が伝播していくよう。非科学的だけど、まるで呪いみたい』

峰島勇次郎を表すのに言い得て妙だ。呪いというとある意味科学の対極にあるが、確かにそうとしか思えないほど遺産技術は人々を歪ませていく。

ただそれでもアリシアが何を話題にしたいのか麻耶はまだはかりかねていた。ただ単に感情を爆発させたいだけなのか、あるいは別の目的があるのか。

『そんな呪いの権化みたいな峰島勇次郎が興味を示す禍神の血ってなんなの？　真目不坐もクレールもスヴェトラーナもそして闘真君も、みんなおかしくなってる。私に言わせれば真目家も峰島勇次郎も紙一重よ。なのに肝心なことを言わない腹の探り合い。そんな様子じゃ、一生状況の改善は無理よ。断言してあげる』

アリシアの言葉に他の面々は黙り込む。

『勝司、嫌な役目は果たしたわよ』

『言わずとも察してくれて完璧なお膳立てをしてくれる君を、パートナーに迎えてよかったといま心の底から思ってるよ』

『勝手に言ってなさい。私は通信切るから。真目家同士じゃなければ話しづらいでしょう』

八代がおそるおそる言う。

『あとで僕に何を話したか胸ぐらつかんで問いただしたりしない？』

『銃で脅されても、あなたが黙っていればいいだけの話よ』

『脅すの否定してよ』

通信を切ろうとするアリシアを麻耶が呼び止める。

「新井さん、待ってください」

『アリシアでいいわ』

「ではアリシア。この先の話し合いにも参加してください」

『どうして？』

「出る結論次第ではあなたの協力が必要になりそうだからです」

麻耶の声はわずかだがかすれていた。

『麻耶様……』

怜が何かを察して心配そうにしている。

「きっと結論だけ聞いても納得できないでしょう。だからこの場にいてください」

『……オーケー。聞き届けるわ』

声が少し柔らかくなった。通信機の向こうで微笑んでいるのが解った。

『さて我々はここでもう一歩踏み込まなくてはならない。峰島勇次郎と真目家の関わりだ』

これこそ勝司が不坐を外したかった一番の理由だろう。

『二十年前、峰島と真目を結びつけたもの。疑いようもなく旧ソ連から勇次郎に会うために亡命してきたセルゲイ・イヴァノフがきっかけと言っていいだろう。さらに元を正せばネットに流れていた峰島勇次郎の研究成果を記したゼロファイルがきっかけだとも言える。独特の記述方法で記されたそれは、ほとんどの人間は解読も理解もできなかった。唯一理解し実践しようとしたのがセルゲイ・イヴァノフだ。いや、いまはこの話題は置いておこう。ともかくロシアの科学者の亡命がきっかけで真目不坐は峰島勇次郎に興味を持ち、研究資金を提供した。ただ峰島勇次郎が協力したのは資金提供が理由ではない。かのマッドサイエンティストが興味を抱いたのは、真目家に受け継がれている禍神の血と鳴神尊だ』

「ここで禍神の血と鳴神尊がどのようなものか整理しましょう」

『私のことは気遣わなくていいのよ』

「いえ、元々禍神の血と鳴神尊に関してははっきり言い伝えられるものではありません。察して学べ、というのが習わしです。当主になったものは正しい認識を先代から学ぶようですが、それまでは曖昧な認識なのです。私達兄妹や八陣家の人達の間でも認識のズレもあるでしょう。まず鳴神尊から。これは禍神の血を目覚めさせる起動用の鍵のようなものです。ひとまずこの認識で間違いないと思います。異論のある方は？」

『その認識で間違いはないが、禍神の血の濃さを測る意味合いもある。俺のように禍神の才がなければ、抜いても何も起こらない。昔は俺も鳴神尊を抜いて何も起こらないことに劣等感を抱いたものだ』

「あら、そうですの？　女には受け継がれない能力ですので、私はそのような思いすら抱けませんでしたわ」

『いきなりトゲトゲしてきたぁ……』

八代が小さくつぶやくのを高性能マイクはしっかりと拾っていた。

『勝司様の気持ちは解ります。私も己の非力さに歯噛みすることがあります。麻耶様をお守りする力が足りないと自責の念にかられることばかりです。すべて投げ出して逃げられるような人間が、ときにうらやましくなりますね』

『今度はとばっちりがきたぁ……』

誰かが小さくつぶやく。

『俺も被弾しているんだが』

勝司が苦々しく言う。

『若、長男の思いやりは理解されないんですよ』

『おまえにそう呼ばれるのは何年ぶりかな』

『事情を知らない私でも横道にそれてるって解るんだけど。鳴神尊とは結局なに？』

頭を抱えたアリシアが容易に想像できる声音だった。

「そうですわね。鳴神尊はしょせん鍵です。勇次郎も興味を持ち、一本模写したものを作りました。クレールが持っている長刀がそれです。しかし彼の興味はそこでおしまいです。しょせん鍵ですから。問題は禍神の血です。みなさん、禍神の血をどのように認識していますか？」

『超人的な力が発揮できる力じゃないの？』

『常識では考えられない力を得られると聞きます。その力は物理法則さえもねじ曲げるとか』

『物理法則をねじ曲げるって、いくらなんでも大げさね』

『ところがそうでもない。過去に禍神の血を使った戦闘記録を解析したデータがあるが、計測結果からでは算出できない速度や動きがあった。切断できるはずがないものを斬り、認識を狂わせ、殺せない者はおらず最強の座に居座る。それが真目家の切り札。禍神の血だ』

『僕もたとえや比喩的表現だと思っていたけど、ＡＤＥＭでも由宇君が研究を始めてね。彼女は脳の黒点と命名したけど』

『物理法則さえねじ曲げる現象。禍神の血に峰島勇次郎が興味をもたないわけがありませんね』

「峰島勇次郎は禍神の血を研究したかった。お父様――真目不坐は禍神の血をもっと強化したかった。利害がかみ合い勇次郎の研究を取り入れて生まれたのが……」

麻耶は一瞬ためらう。

「坂上闘真です」

「禍神の血の強化、つまり物理法則のねじ曲げをさらに強いものにする。それが峰島勇次郎と真目不坐の目的でした。ただし両者の目的の間には大きな隔たりがありました。不坐はより強い暗殺者を作るため、対し勇次郎は物理現象さえねじ曲げる禍神の血の法則を解析したかった。そして峰島勇次郎は天国の門と呼ばれる遺産技術を作ります。これは禍神の血を持っていない人にも脳の黒点を開けることができる発明です。門外不出の禍神の血をたやすく再現できるそれを不坐が許すはずもありません。そして叔父――真目蛟に勇次郎の暗殺を命じました。結果は失敗に終わりましたが」

『そのとき奪われた蛟の頭部が、いやグラキエスでコピーしたものがシベリアの地にあるというわけか』

『おそらく別アプローチから禍神の血を再現したらどうなるかという実験でしょうね』

怜の補足を受けて麻耶はさらに話を広げる。

「でもその実験は初めてというわけでないと思いますわ。もう一つ、峰島勇次郎は大規模な実験を行っている。それが比良見の大爆発につながったのです。あそこでは大規模に世界が歪んでいった。物と物の境界が失われ何もかも溶けていくかのような。その世界が溶けていく現象はさらに広がろうとしていた。大爆発はそれを阻止するためにしかたなく行われた、世界を守る手段だったんです」

『峰島勇次郎は比良見の大爆発を境に姿を消した。誰もが爆発に巻き込まれて死んだと思っていた。故に彼が残した技術を遺産と呼ぶようになったのも、そのような背景があるということだな』

『ADEM側の見解を述べておきます。峰島勇次郎が比良見の爆発で死亡したとは考えていませんでした。しかし、大爆発から十年間、ほとんど目撃情報もなかった。姿を見たという報告はいくつもあったようですが、そのほとんどはガセ、あるいは信憑性がとても低いものだった』

「ですがここ数ヶ月、信憑性の高い峰島勇次郎の目撃情報が相次いだ。きっかけはスフィアラボの占拠事件、兄さんと由宇さんが会ってから以降ですわ」

『問題はここだな』

「ここですわね」

『なぜ勇次郎はいまになって姿を見せるようになったか、かな?』

八代はADEMとしてもスフィアラボの事件以降、勇次郎の干渉を由宇や伊達が疑い始めたのを知っている。

「もう一つあります。勇次郎が姿を見せた場所は、峰島由宇や坂上闘真が少し前に訪れているんです」

『闘真か峰島由宇、二人のうち、どちらかが峰島勇次郎が姿を現すキーとなる、ということか』

「私はおそらく、闘真のほうだと思っています。兄さんが禍神の血を使うとこれまでの禍神の血の継承者に現れなかった不可思議な現象が起こるようになりました。禍神の血で活動した場所で建物の不可解な老朽化が起こったこともあります」

『禍神の血を強化したのが峰島勇次郎本人なら、経過を見るために現れているのか？』

勝司はそう結論したが、麻耶はうつむいて同意しかねていた。

「私も初めはそう思いました。でもだからといって、それまでいっさい姿を見せなかった理由にはなりません」

『私も麻耶様に同意します。確かに不可解です』

『いままで現れなかった理由か。意外と盲点だったわね』

全員が思案している中、麻耶は一人うつむいていた。

『麻耶、おまえまだ何か隠しているな？』

まっさきに麻耶の様子がおかしいことに気づいたのは、意外にも怜ではなく勝司だった。

『比良見で何を見た？』

勝司の面差しは母に似ているが、声はやはり父、不坐に似ていると麻耶は思う。

「峰島勇次郎はいままで消えたのではなく、現れることができなかった。と私は考えています。ここそこ隠れて活動するというのは、かのマッドサイエンティストの人物像とかみ合いません」

『比良見の爆発で大怪我をしていままで活動できなかった、というのは考えられないの？』

『それはないと思う。峰島勇次郎本人は姿を現さなかったけど、遺産技術の情報だけはどこから流れていたんだ。これは勇次郎本人のものだと由宇君も言っていた』

「比良見で大怪我をしてというのは、ある意味正しいと思いますわ。これはおそらくですが、私が見た世界がすべて溶けてしまう現象。あれか、もしくはもっと別の現象か、いずれにせよこの世の理と違う何かに巻き込まれたのだと推測します。端的に言ってしまえば、峰島勇次郎はあの実験によって、この世界からはじき飛ばされた、のだと」

『荒唐無稽と言い切れないのが怖いな。さて可愛い妹よ、おまえの話を完全に信じるわけにはいかないが、少し話の方向が脱線していないか？　勇次郎は闘真か娘の元に現れる、という話だと思ったが』

「勝司お兄様、私はまだ一番の隠し事を話していません」

それこそ二つの話題を結びつけるのだと言外に匂わせた。

『聞かせてもらおうか』

「以前、比良見に行ったとき、私はそこで峰島勇次郎と会いました。とはいっても、当時比良見で起こっている幽霊騒ぎ、幻覚症状のようなものですね。あれは幻覚症状というよりは、もしかしたら過去に起こった出来事かもしれませんが」

麻耶は慎重に言葉を選びながら話す。

「問題はここからです。そのとき初めて峰島勇次郎の顔を間近で見たのですが、そのときありえないことが起こりました。勇次郎の顔が兄さん……坂上闘真にそっくりだったんです」

『どういうこと？』

これ以上混乱させることを言わないでくれと、アリシアは訴えかける。

「そこで一つの推論を立てました。峰島勇次郎は真目家の禍神の血を使えるようになっている。そのさい、自分の脳に移植した禍神の血の参考にしたのが……」

『闘真の禍神の血というわけか。なるほど闘真の認識の能力を借りているから、現れる姿も闘真の影響を受ける。親父や闘真のように禍神の血を持っている人間が見た場合なら、影響も少なく勇次郎本人に見えるかもしれないが。見た目だけでなく、言動にも影響がありそうだな』

「兄さんのあまりよろしくないテストの答案を口ずさんだりしたら、少しはかわいげもありますわね」

麻耶は話しながら自分がいつの間にか闘真でなく兄さんと呼んでいたことに気づいた。そしてそれを勝司も怜も咎めないことにも。

『そろそろ結論を出そう』

勝司の話では不坐はいまだ傍受を行っている様子はないという。闘真と話し合っているのか戦っているのか、そこまでは把握できていないが、不坐の介入がないのはありがたかった。

「そうですわね」

最終段階にきて、怜も八代もアリシアも、あえて口をつぐんでいるのも解った。この話は最終的に真目家の在り方そのものに帰結する。

『峰島勇次郎がこの世にいない、というと死人のようだな。この世界にいない、あるいは干渉できない次元にいる、という解釈で正しいと仮定しよう』

「はい、ですから、峰島勇次郎をこの世界から完全に抹消するためには、兄さんの脳を……」

『おまえ、自分の言っている意味が解っているのか？』

勝司の声はいつになく険しい。麻耶はしばらくうつむいていたが唇をかみしめて決断をする。

「もし峰島勇次郎が世界を滅ぼすのなら。そのためにこちらに干渉してくるのなら。兄さ……坂上闘真を殺さねばなりません。それが禍神の血を受け継ぐ真目家の役目です」

すべての感情を押し殺し、麻耶は断言した。

7

勝司との通信で不坐の声が聞こえたときには、闘真はすでに飛び出していた。

階段を駆け上った。途中から雰囲気ががらりと変わり、宮殿にありそうな豪華な作りをしたドアに阻まれた。しかしそんなものは闘真の前にはなんの意味もない。

鳴神尊を取り出す。抜刀できずとも闘真が振るえば真剣と変わりない。ドアには分厚い鉄板がしこまれていたが、あっさりとひしゃげ切断された。

ドアの先は絨毯をしいた通路があった。ドアだけでなく通路そのものが宮殿のようだ。監視カメラはいくつもあった。

アラートが鳴り響いたが気にもとめない。

通路の両側にはいくつかドアがあったが、闘真は見向きもせずまっすぐに走る。やがて通路の行き止まり、最奥に位置する場所にひときわ豪華なドアが現れた。

最初のドアと同じように鳴神尊で破壊すると、室内に飛び込んだ。

「よお、遅かったじゃねえか」

太い笑みを浮かべた真目不坐がそこにいた。

いつのまにかアラートは鳴り止んでいた。

闘真の顔を見て不坐はつまらなそうに顎をなでる。

「なんでえ、あまり驚いてねえみたいだな。俺は歴史の分岐点ってやつを生で見るのが好きなんだ、ってのはおめえにも言ったことがあったか」

　確かにいまこの基地は歴史の分岐点だ。

「なにせここは特等席だからな。だとしてもよくこの場所がすぐに解ったな」

　いぶかしげに闘真を見る。

「いつまで立ってるつもりだ？　いい加減座れよ」

　闘真は大きなテーブルを挟んで不坐の向かい側に座った。

「まあどうやってってのはこのさいたいしたことじゃねえわな。大事なのは、どうして会いに来たかだ」

「ただ確かめに来ただけだよ」

「ん？」

「会いに来た理由なんてない。本当にいるのか確かめたかっただけだ」

「ああ、なるほどな。会うことが理由か。それならいつまでちんたらおしゃべりするつもりだ？　もうこれ以上付き合う気はねえぞ」

　闘真は長刀をテーブルに置くと不坐に向かって滑らせた。ちょうど目の前に止まった長刀を前に、不坐は面倒くさそうに唇を曲げた。

「ああ、やだやだ。どうしてこうも感情的になれるもんかね。いまやることか？　それによ、おめえの持ってるそれは本家本元とはいえ、俺に封印されたままじゃねえか？」

札の封印こそ破れたが、巻き付いている鎖は以前のままだ。

「まあ暴れるにはちょうどいい場所かもな。この貴賓室は無駄に広いし作りも頑丈だ。ちょっとやそっとやんちゃしたところで、まわりに迷惑かけることもねえ」

不坐は長刀を手に取ると、ゆっくりと抜いた。片手で無造作に構えている姿が様になっている。

「ガキの背中に隠れてるばかりって思われるのもシャクだ。ここいらで一つ、真目家当主の実力ってのを見せてやろうじゃねえか」

二人が前に踏み出したのはほぼ同時だった。鳴神尊と長刀が激突し、激しい火花が生まれた。

不坐と何度打ち合い、命のやりとりをしただろう。十か二十か、数えるのも馬鹿馬鹿しくなるくらい数多くの打ち合いがあった。

鳴神尊を振るう。身体の動きが重く鈍い。不坐は冷めた目で易々と上体をひいて回避した。そのあとはすぐさま闘真に一歩踏み出し、長刀を振りかぶって容赦なく振り下ろした。闘真は転がるようにそれをかわし、すぐさま立ち上がるや否や低い姿勢から突き上げるように小刀を振った。しかしそれもどこか動きが鈍い。

「そんなもんか？」

不坐に脇腹を蹴飛ばされた闘真は、そのまま床を転がった。

闘真がいくら攻撃をしかけても不坐は余裕でかわしてしまう。対し闘真が回避するときは無様なくらい必死で常にギリギリだった。そんな攻防がもう五分近く続いていた。

距離をおいて呼吸を整えると、不坐は追う真似はせず長刀を肩に担ぎ嘆息した。

「まさかこれで終わりじゃねえだろうな？」

「うるせえっ！　まだ身体が本調子じゃないんだよ」

不坐が強いこともあるが、それ以上に身体の動きが鈍かった。スヴェトラーナにやられた後遺症が残っているのか。いや、それを差し引いても身体の動きは鈍かった。

「まさか……」

一つの可能性に突き当たり、闘真は愕然とする。

「ああ、ようやく気づいたか。禍神の血の継承者は当主には本気だせないようにできてるんだ。無意識に主人って認めてるんだよ。だから身体の動きにキレがない」

コンマ一秒にも満たない躊躇だが、こと真剣勝負においては致命的な遅れだ。

弱い自分が許せない。絶対的強者こそがもう一人の闘真のアイデンティティと言ってよかった。スヴェトラーナに続いて不坐相手にも劣勢になるとは思いもしなかった。困惑と悔しさにかみしめた奥歯が砕けて血の味が口の中に広がった。

「こんなんじゃ、駄目だ……」

「自分の弱さを実感したか？　威勢だけじゃどうにもならねえことがあるんだ。根性や勢いなんざ、なんの意味もねえ。俺達の間にはな、親と子以上に馬鹿でかい壁が存在するんだよ」

　それから何度か斬りかかったが結果は一緒だ。身体の動きが鈍いのは確かだ。しかし両者の間にもう一つ決定的な差があった。

「どうして鳴神尊を封じたか解るか？　それはてめえの無力さを身にしみさせるためだ！」

　もう一つは鳴神尊の力を感じないことだ。

　不坐の一撃を鞘で受け止めるのが精一杯だった。身体はそのまま吹き飛ばされて壁に激突する。肺にある空気が残らず吐き出された。いつもなら踏ん張れた強さだ。

　このていたらくで、どうしてあの少女の前に立てようか。このままでは強さを忌避されることも疎まれることすらもなくなってしまう。路傍の石と同じになってしまう。

「どうした？　さっきはスヴェトラーナにやられたんだってな。今度は俺に無様にやられてみっともねえなおい。弱すぎるんじゃねえか？」

　鋭い突きが目や喉、心臓を的確に狙ってくる。それらすべてをはじき飛ばしたと思ったが、最後の一撃は軌道を変えて、肩へと突き刺さった。

「うがっ！」

「解ったか？　鳴神尊がないおまえはなんの力もないただのガキだ。鳴神尊もなしに禍神の血も使わずに、何が成せるって言うんだ？　それとも何もかも忘れて、そんじょそこらのガキと同じく平凡な人生を送るか？」

　突き刺さった長刀をねじりながら、最初は笑っていた不坐が徐々に怒りをあらわにした。

「自分の無力さが解ったか？　ならくだらねえ意地をはらねえで、禍神の血の研鑽をしろ」

「うるせえ……」

　刺さっている長刀をわしづかみにして抜こうとする。しかしそんなことで抜けるはずもなかった。逆に刃を握った手の指から血がこぼれ落ちてしまう。

　不坐は呆れたのか、あっさりと力を抜いた。肩から刃を抜いても、闘真は立っているのがやっとだった。

「鳴神尊は真目家の要だ。おめえはいまいちそれのありがたみが解っちゃいねえ。しょせん、それがなくちゃおめえは何もできねえ。何者にもなれねえ。グラキエスなんていうトンチキなやつら殲滅するんだろう。ならおめえには力が必要だ。抜け。抜くんだ！　真目家の当主として命じる。さっさと抜いてしまえ！」

　闘真の身体が己の意思に反して勝手に動く。震える両手が鳴神尊の鞘と柄を握った。鞘から抜こうとするが、途中で封印の鎖が邪魔をして止まった。

「ふざけんな。俺は俺の意思で抜く。誰の命令もききたくねえ！」

「何が俺の意思だ。惚れた女に泣かれて抜きたくなくなったんだろう。それのどこにてめえの意思があるんだよ」

顔にいくつもの汗が浮き出て、流れて顎からしたたり落ちる。不坐(ふざ)の命令に抵抗しようとするが、意思とは裏腹に身体(からだ)はほとんど言うことを聞いてくれなかった。

闘真(とうま)自身、抜きたくないわけではない。しかし不坐(ふざ)に命じられて抜くとなると話は別だ。誰かの人形になるつもりはなかった。代々そのような役割だったとしても、真目(まなめ)家(け)の道具だとしても、自分がそれを許容するかは別の話だ。

「う、ぐっ……」

それでも小刀が抜けないのは四々(しし)家(け)の封印の一つ、鳴神尊(なるかみのみこと)全体に巻き付いた鎖があるからだ。

「はっ、残念だったな。あんたが巻き付けた鎖のことを忘れたか」

不坐(ふざ)は顎をなでニヤニヤと笑っている。当然忘れているはずがない。しかしいかに力尽くで引っ張ろうとも、頑丈な鎖がちぎれる気配がまるでないのも事実だった。

わずかに開いた鯉口(こいぐち)の隙間から鳴神尊(なるかみのみこと)の刃が見えている。

ピシッと何かが軋(きし)む音がした。四々(しし)家(け)の鎖に変化があった。力で変形したわけではない。表面にさびが浮いていた。

かつて闘真(とうま)が海底のフリーダムの中で経験した現象が起ころうとしていた。鎖の表面が徐々に錆(さ)びていく。長時間撮影した様子を早送りで見ているかのように、さびは広がっていく。

変化はついに表面以外にも訪れた。鎖の形がわずかに変わった。小刀を抜く張力に屈し歪み始めていた。

このままではいずれ錆びて砕けるか変形して鎖の封印は解けるだろう。

なんの問題があると思うと同時に、いいように動かされている面白くなさが、闘真に必死の抵抗を続けさせていた。

そのとき、不坐とは違う人の気配がした。冷気とともに黒い長い髪が揺れた。誰かが部屋のドアの前に立っていた。

「闘真、抜くつもりか？」

峰島由宇がじっと闘真を見つめていた。

「私は私の枷をとる。遺産技術を使うことをよしとした。闘真、君は何を選択する？」

不坐は現れた由宇を面白くなさそうに見る。

「泣いて逃げた小娘も少しはマシなツラになったか。だが他の家の事情に口を挟みすぎじゃねえか」

「はさむつもりはない。ここで見守るだけだ」

由宇はそれだけ言うと、闘真をじっと見る。

「おい、闘真。おめえはどうするんだ？　いつまでうじうじしてるつもりだ？」

闘真もじっと由宇を見た。

峰島由宇。

まっすぐに自分を見つめる瞳を見て、争いのさ中、闘真の中で時が止まる。

由宇。

彼女を殺したいのか、守りたいのか。彼女と刃を交わしたいのか、愛を交わしたいのか。そもそもなぜそんなふうに思うのか。なぜそんなにまで彼女を想うのか。

最高の相手と殺し合いたい。その望みをかなえることが、その欲望を満たすことが、自分の真の望みなのか。結局自分は、由宇を使って己の欲望を満たすことしか考えていない、最低の人間なのではないか。

目の前の父親も、峰島勇次郎も、自分の欲望を満たすためだけに行動している。世界最高の権力だ、世界最高の頭脳だと言ったところで、やっていることはつまらない愚かな自慰行為。

それは自分も同じだ。

由宇は違う。彼女は違う。

由宇と戦うことがそんなに大事か。由宇を泣かせても、由宇の志を踏みにじっても、己の欲望を満たせればそれでいいのか。そんなものの先に、いったい何があるというのだ。

禍神の血は最強の暗殺者。だからなんだ。鳴神尊を抜く者は絶対的な強者。だからなんだ。

誰かの目的のために作られた存在。だからなんだ。己の心も、魂までも、誰かに作られたとでもいうつもりか。

自分の存在意義はなんだ。由宇が見つめる、その瞳に映る自分は、いったいなんのためにこの少女の前に存在している？

闘真は何度か深呼吸をすると、鳴神尊を強く握る。抵抗はやめ、力を込めて抜こうとした。

「ははは、それでこそ俺の息子だ」

「闘真……」

抵抗をやめると、鎖の劣化が見る間に進んでいった。わずかに抜かれた鞘の隙間から、力があふれ出てくるようだ。錆に覆われ変形していく。ついに鎖は砕け散ると、鳴神尊からほどけて床にこぼれ落ちた。

鞘から抜け刀身を現した鳴神尊を、闘真は高々と掲げた。

「そうだ。それでいい！　禍神の血を使いこなせ！　最強の暗殺者であることを証明しろ！　はははははっ！」

「やはり、こうなるのか……」

不坐は歓喜し高らかに笑う。由宇は落胆し顔を背けた。

「はははは……は、あっ？　おめえ、なにしてるんだ？」

笑っていた不坐の顔が不審へと切り替わった。

闘真は鳴神尊を抜いて高く掲げたままの姿勢でいた。小刀から発せられる力の奔流は収まらない。

「おい、待て。なんのつもりだ？　なにをしようとしている？」

ピシッと何かが軋む音がした。先ほどのそれは鎖が錆び歪み砕け散る前兆であった。はたして次はなんの前兆であったか。

不坐の両目がこぼれそうなほど大きく見開かれる。その目線は鳴神尊の刀身に向けられていた。

美しい波紋が浮き出ているはずの刀身が曇っている。それどころか錆が浮き始めていた。封印の鎖を破った力は、鳴神尊そのものにも向けられた。

「おい、闘真。てめえなにをするつもりだ？　やめろ、やめろ、やめろっ！」

闘真の腕をつかみやめさせようとしたがびくともしない。そうしている間にも、鳴神尊の外観は変わっていく。柄に巻き付いている糸はほつれ、刀身の錆はますますその面積を増やしていった。

「真目家の当主として命じる！　さっさとやめて鳴神尊を鞘に収めやがれ」

「……命じる？」

ほとんど微動だにしない闘真の眼差しだけが不坐をとらえる。何かを感じ取った不坐は反射的に飛び退いた。

闘真は錆びかけた鳴神尊を不坐に向かって一度だけ、振った。鈍色の刃は不坐との間の空間を薙いだだけだが、彼は満足そうに笑う。

「あんたと俺の悪縁を斬ったぞ。もう命令を聞く義理はない」

「なに言ってやがる？　そんな抽象的なものを斬れるわけがねえ！」

「なくたっていい。俺が縁が切れたと思えば、それで充分だ」

縁という概念を斬ってしまったのか、それとも闘真の精神がついに不坐の呪縛を打ち破ったのか、いずれにせよ不坐の命令をはねのけた。

闘真が握り締めた鳴神尊からほとばしる力の奔流は勢いを増し、封印の鎖と同じように刃を破壊へと導いていく。

「やめろ！　てめえはどうなる？　鳴神尊が人格切り替えのスイッチだぞ。それがなくなれば、おまえは永遠に出てこられなくなるぞ！」

「さてどうかね。いままで鳴神尊を抜かなくても、出られたときはあったさ。なくなったときにどうなるか見物じゃないか」

闘真は脂汗を流しながら笑う。

口ではそう言ったが、おそらく不坐の言葉のほうが正しいだろうと直感していた。

――ああ、そうか。

ここにきて初めて気づく。

ば、なぜこちらの世界に干渉できるのか。

峰島勇次郎は世界の外側に半分はみ出たわけではない。完全にはみ出てしまったのだ。なら

「俺を介しているのか」

闘真は忌々しそうにつぶやく。

キンッと甲高い音が鳴った。ついに鳴神尊の刀身にヒビが入った。目の当たりにした不坐はそのままよろけて何歩か下がると、尻餅をつくように転んでしまった。

「やめろ、やめてくれ……」

懇願するかすれた声を無視して闘真は力を込める。なぜそのようなことをしているのか自分でもよく解らない。ただうろたえている不坐が滑稽で少しだけ気分がよかった。

柄を握る手に、別の手が添えられた。細く美しい指は由宇のものだ。由宇がそっと手を重ねてきた。

「やめてくれ。君が消えてしまう。理屈を把握しているわけではないが、なぜかそんな気がする」

悲しげな黒曜石の瞳が闘真を真正面から見た。

「やめる？　親父と同じことを願うのか？　違うだろう？　もう世界が歪む心配をしなくていいんだぞ。俺が邪魔だったんだろう？　おまえの好きな優しい闘真だけになるんだ。それに俺が消えれば峰島勇次郎も消える。おまえの願い通りじゃないか」

由宇の悲しげな顔が驚きに染まり、目を伏せ、拳を握りしめ、身体を震わせ、葛藤していた。闘真の言葉の意味を一瞬にして理解していた。あるいは薄々感づいていたのかもしれない。

止める理由はなくなった。それどころか消えたほうがよくなった。ならばもう思い残すこともない。景気よく消えてやろうではないか。

闘真は笑うとさらに強く高く掲げる。世界を救おうなどという気持ちは微塵もない。真目家の思惑などどうでもいい。峰島勇次郎が自分の脳を介して世界に顕現していたことは面白くないが、それだって本当のところ、どうでもよかった。

ただ由宇の心を縛るモノが消えるならば、彼女の身体が少しでも自由になるならば、もうそれだけで充分ではないか。

「は、ははははは、はーはっはっはっ！」

自然と笑いもこぼれるというものだ。

しかし闘真の思惑に反して、由宇の表情はいまにも泣きそうなものへと変わった。坂上闘真が死ぬわけではない。裏の自分だけが、邪魔者だけが消えるのに、なぜそんな顔をする。そんな顔を見たいわけじゃない。世界を歪ませる存在がなくなり、峰島勇次郎も消えて、いいことずくめじゃないか。なのになぜそんな顔をする。

「でも……、それでも君が消えるのは嫌だ。嫌なんだ」

由宇は顔を伏せたままかすれた声で答えた。闘真の手に添えられた指先が震えている。

その姿を見ていると、身体から自然と力が抜けていった。高く掲げていた鳴神尊もいつのまにか下ろしていた。力の奔流は消え失せ、錆やヒビがそれ以上増えることはなくなった。

由宇はいまにも泣きそうな顔で、それでも無理に笑ってみせた。触れている指先の震えはいまだ止まっていない。

「私はわがままだな。君にいなくなってほしくないばかりに、峰島勇次郎の干渉を断つ手段を……なくした。また、世界を壊してしまうかもしれない……のに」

由宇は泣きそうな笑顔のまま、ようやくそれだけを口にする。重ねられた手が強く闘真の手を握った。

「いいさ。なんとかなるだろう」

震えている身体を抱き寄せる。

右手に握られた鳴神尊の刀身も、錆びつき、ヒビが入ったままだった。

エピローグ

倉庫の一角にもうけられた死体安置所には、大勢の黒い死体袋が横たわっていた。

その部屋を管理する兵士は、いままでと同じように戦死者の身元を確認し、死体袋に名前を書き、遺体にも名札を取り付け、憂鬱な気持ちで死体袋のファスナーを閉める。締め切る前に見える遺体の顔は苦痛や恐怖を浮かべているか、あるいは原形をとどめていないかだ。いずれにしても暗澹たる気持ちになる。

今日もどれほどの遺体が運び込まれたことか。こればかりは何度やってもなれない。

これが終わったら退役しよう。機密情報ばかりの基地に勤めていた軍人がすんなり退役できるか怪しいが。なによりもここから生きて帰れるか怪しいのだが。

次の死体袋に横たわっていた遺体を見て、気持ちがますます落ち込む。珍しく死に顔は穏やかで綺麗だった。それでも暗い気持ちになったのは、横たわっていたのは幼い少女だったからだ。

ため息をつくと白い息がどこまでも伸びていく。倉庫の中はおそろしく寒い。

「こんな小さい子まで……」

軍人ならば死ぬ覚悟ができている。まだ気持ちは割り切れる。しかし子供は違う。避難民の子供だろうか。いたたまれない気持ちになる。名前を確認するとクレールとある。

目をそらしてファスナーを閉めようとした。直視できない。もうこんな現実はうんざりだ。

「待って」

その手が止まったのは女性に呼びかけられたからだ。

亜麻色の髪をした美しい女性が立っていた。軍人ではない。グラキエスから追われるように逃げてきた避難民だろう。彼女を見てすぐに察する。亡くなった少女に似ている。きっと家族に違いない。憔悴しきった表情は逃走によるものか、家族を失ったからか。いずれにせよ痛ましい姿だった。

軍人は黙って立ち上がり場所を空けた。女性は横たわる少女に寄り添うようにかがむと、冷たくなった少女の髪をやさしくなでた。

「しばらく二人にさせてください」

女性の震える声に何も言えなくなった。まだいくつかしなければならないことがあったが、一分一秒を争うようなことではない。

「入り口にいますので、お別れがすみましたら声をかけてください」

兵士は女性に背を向けると、倉庫の出入り口に向かった。

途中、一度だけ振り返った。女性は先ほどと同じように亡くなった幼子のそばにいた。一つだけ違うのは手に何か握っているように見えた。ガラス細工のような透明なそれは動いているように見える。

——あれは、なんだ？

まっさきに連想したのはグラキエスだ。しかしすぐに否定する。か弱い女性が素手でグラキエスをつかんでいるわけがない。きっと思い出の品か何かだろう。

兵士が充分に離れて倉庫の入り口近くに背を向けて立ったのを確認して、女性——スヴェトラーナは少女——クレールの胸元に左手を置いた。

はたから見れば娘の死を悼む姿にしか見えないが、添えられた手に隠れるようにして、自在に動く髪が銃創から体内に入っていった。

破壊された心臓の傷口は塞がっている。出血をおさえるためにスヴェトラーナが行った処置だ。髪を網のように編み心臓や太い血管の傷口を塞いでいた。

しかしそんなことをしたところでクレールの死が避けられるわけではない。そんなことはわかっていた。事実、クレールの心臓は再び動き出すことなく、体からは体温が失われた。

傷を塞いだのは無意味。血液が巡らなければいずれ脳細胞は死に絶え、クレールという人間はこの世からいなくなる。

　そのはずだった。

だが見てしまった。いや思い出してしまった。峰島勇次郎が夫、真目蛟の脳をグラキエスにコピーする術を思い出した。

真目蛟の脳細胞は時間がたちすぎて修復まで時間がかかると言っていた。よもや十年の年月を必要とするとは思わなかったが、それでも蘇った。

　クレールは死後間もない。ならばもっと早く蘇らせることができるだろう。

手の中でもがいている小型のグラキエス。小さい体からは想像もできないほど暴れる力が強いが、髪で覆われ強化された手から逃れることはできなかった。

　クレールの遺体を前に躊躇する。

神に祈るのは違う。これは悪魔との取り引きだ。

もがくグラキエスの体に髪の先端が浸食していく。にじむように黒いラインが表面から中心部の赤い核へと進む。やがて髪の先端が核に触れた。グラキエスはひときわもがいたがすぐに力を失いうなだれた。水晶の体に亀裂が入り、こぼれ落ちる。手の中に残ったのは赤い核と血管のような無数のラインだけだった。

　スヴェトラーナは手に残ったグラキエスだったものを、クレールの傷口に近づけた。動かなくなったはずの赤いラインが傷口にのびると、まるで生き物のようにクレールの体内に伸びていく。

核は破壊された心臓に収まり、血管をつたい赤いラインは根のように体の隅々にのびていった。その一部は脳にまで達する。血液が巡らず破壊された脳細胞が見る間に修復されていく。

幼い体の中で有機物と無機物の融合が静かに進んでいった。


倉庫の入り口で兵士はしばらく待っていた。途中何度か時計を見る。もう一時間以上経過している。さすがに時間がたちすぎている。別れをせかすことはしたくないが、これ以上はさすがに待てないと判断した兵士は、倉庫の中をのぞき込んだ。

予想していたのは亡骸の前でうなだれている女性の姿だったが、まるで違うものが見えた。死体袋から上半身を起こした少女の姿が目に入った。初め、女性が抱き起こしたのかと思った。事実、起き上がった少女を抱きしめている。

しかし女性が少女の体から離れても、倒れることなく上半身は起きたままだ。それどころか首が動き兵士を見た。

「い、生きてたのか！」

そんなはずはない。誤診など入り込む余地がないほど、深い傷を受けていたし、なによりも体は氷のように冷たかった。

しかし理由はどうでもいい。奇跡は起こったのだ。幼子の命は救われた。喜ばしいことだ。

なのになぜだろうか。生き返った少女と喜ぶ女性。その姿は感動的であるはずなのに、なぜかとても不吉なものに見えた。

「いまドクターを呼んできます！」

呼びに行くというより逃げるように兵士はその場を立ち去る。

そして彼がドクターを連れ、戻った時には、美しい母子の姿はどこにもなかった。

あとがき

お待たせしました！　本当にお待たせしました！

ここ数年、直接いただいた応援の言葉をいささか乱暴にまとめてしまうと、この二種類に集約されます。

「続きはまだですか、続きでないんですか、完結しないんですか、そもそも生きてるんですか？」

「大好きなんです、待っています、この物語だけは最後まで読みたいです」

いや、二種類と言いましたが、もう何年も続刊が途絶えた小説の続きを問うてくれる言葉は、後者と同じですよね。本当にありがたいことです。

こんなご心配をおかけすることない理想的な展開とは、と考えると。

「一巻発売から話題を呼び、広く周知され、定期的に続刊が出て、盛り上がったまま最終巻を迎え、その後も人々の記憶に残り語り継がれていく」

でしょうか。

この理想って何かに似てますね。

「祝福と期待とともに生れ出て、順調に健やかに育ち、秀でたもので世に認められ、最期まで立派に生きて大往生。その後も業績や人柄が人々の記憶に残り語り継がれていく」

そう、人生。たいていは、思い通りにいかないものの代名詞。

9Sはすべて理想通りとはいかなかったし、もっともっとたくさんの人に読んで欲しかったと思う欲も残ります。

読者さんにも、様々なストレスをかけまくった作品だと思います。

でも。

誰かにとっての一番に、誰かにとっての大きなきっかけに、誰かにとっての人生の大事な友に、なった小説だと思います。

同時発売の次巻、十三巻で、由宇と闘真の物語はいよいよ完結します。

この作品はデビュー作よりさらに前、初めて書いたオリジナル作品がもとになっています。一巻冒頭の「マッドサイエンティストと聞かれたら、たいていの人は口をそろえて峰島勇次郎の名をあげるだろう」から始まる序文は、一語一句、そのままです。

私にとって特別な作品でした。だから「とりあえず商業的に完結させてしまおう」ということだけはしたくない、というわがままもありました。その結果、長くお待たせすることになってしまいましたが、最後まで物語を全うして、こうして待ってくださっていた読者さんに届けることができたことが本当に嬉しいし、本当に感謝しかありません。

一見平凡に見える人生も、実はいくつもの奇跡が重なり合っているように、この作品が完結し出版できたのは、様々な縁とたくさんの方の応援という奇跡の結果です。

完結まで二十年かかったことは褒められたことではありませんが、これだけは言えます。

奇跡に見合う、納得の最終巻が書けました。

中国語に「出乎意料之外，合乎情理之中」という言葉があると、台湾の翻訳者さんに教えていただきました。展開は予想できない、それでいて、決着は納得できるというのが良い、という意味だそうです。

最終章の上巻である十二巻を読み終えて、いかがだったでしょうか。

どうぞ、あと一冊。9Sを、由宇と闘真の物語を、見届けてください。

2023年　11月　葉山　透

本書に対するご意見、ご感想をお寄せください。

ファンレターあて先
〒102-8177　東京都千代田区富士見2-13-3
電撃文庫編集部
「葉山 透先生」係
「増田メグミ先生」係

本書は、「電撃文庫MAGAZINE Vol.31」(2013年5月号)、「電撃文庫MAGAZINE Vol.37」(2014年5月号)に一部が掲載されました。文庫収録にあたり、加筆・修正しています。
上記以外はすべて書き下ろしです。

電撃文庫

9S<ナインエス> XII
true side

はやま　とおる
葉山 透

◇◇◇

2024年２月10日　初版発行

発行者　山下直久
発行　株式会社KADOKAWA
〒102-8177　東京都千代田区富士見2-13-3
0570-002-301（ナビダイヤル）
装丁者　荻窪裕司（META＋MANIERA）
印刷　株式会社暁印刷
製本　株式会社暁印刷

●お問い合わせ
https://www.kadokawa.co.jp/（「お問い合わせ」へお進みください）
※内容によっては、お答えできない場合があります。
※サポートは日本国内のみとさせていただきます。
※Japanese text only

※定価はカバーに表示してあります。

ISBN978-4-04-912573-3　C0193　Printed in Japan

電撃文庫　https://dengekibunko.jp/